COLLECTION FOLIO

Romain Gary

Lady L.

Gallimard

Ah! fallait-il que je vous visse,
Fallait-il que vous me plussiez,
Qu'ingénument je vous le disse,
Que fièrement vous vous tussiez.

Fallait-il que je vous aimasse,
Que vous me désespérassiez,
Et que je vous idolâtrasse,
Pour que vous m'assassinassiez!

Ode à l'humanité, ou emploi
du subjonctif. *Dédié*
par Alphonse Allais
à Yane Avril.

CHAPITRE I

La fenêtre était ouverte. Sur le fond bleu du ciel, le bouquet de tulipes dans la lumière de l'été la faisait songer à Matisse qu'une mort prématurée venait d'emporter à quatre-vingts ans, et même les pétales jaunes tombés autour du vase semblaient avoir obéi au pinceau du maître. Lady L. trouvait que la nature commençait à s'essouffler. Les grands peintres lui avaient tout pris, Turner avait volé la lumière, Boudin l'air et le ciel, Monet la terre et l'eau ; l'Italie, Paris, la Grèce, à force de traîner sur tous les murs, n'étaient plus que des clichés, ce qui n'a pas été peint a été photographié et la terre entière prenait de plus en plus cet air usé des filles que trop de mains ont déshabillées. Ou peut-être avait-elle vécu trop longtemps. L'Angleterre célébrait aujourd'hui son quatre-vingtième anniversaire et le guéridon était couvert de télégrammes et de messages dont plusieurs venaient du Palais de Buckingham : chaque année, c'était la même chose, tout le monde venait lourdement vous mettre les points sur les *i*. Elle regarda avec réprobation

9

les tulipes jaunes, se demandant comment les fleurs avaient pu arriver jusqu'à son vase favori. Lady L. avait horreur du jaune. C'était la couleur de la traîtrise, du soupçon, la couleur des guêpes, des épidémies, du vieillissement. Elle fixa les tulipes sévèrement et un doute rapide l'effleura... Mais non, ce n'était pas possible. Personne ne savait. Une négligence du jardinier.

Elle avait passé toute la matinée dans son fauteuil devant la fenêtre ouverte, face au pavillon, la tête appuyée contre le petit coussin qui ne la quittait jamais et qu'elle emportait toujours avec elle dans ses voyages. Le motif brodé représentait les bêtes tendrement unies dans la paix enchantée de l'Éden : elle aimait surtout le lion qui fraternisait avec l'agneau et le léopard qui léchait amoureusement l'oreille d'une biche : la vie, quoi. La facture naïve du dessin soulignait encore l'idiotie profonde et très satisfaisante de la scène. Soixante ans de grand art avaient fini par l'écœurer des chefs-d'œuvre : elle cédait de plus en plus à son penchant pour les chromos, les cartes postales et pour ces images victoriennes pleines de bons chiens sauvant les bébés de la noyade, de chatons aux faveurs roses et d'amants au clair de lune qui vous changent si agréablement du génie et de ses hautes et lassantes prétentions. Sa main était posée sur le pommeau d'ivoire de sa canne dont elle pouvait du reste se passer aisément mais qui l'aidait à se donner les airs de vieille dame si contraires à sa nature, que l'on attendait d'elle : la vieillesse était une convention de plus qu'il lui fallait à présent respecter. Ses yeux souriaient à la coupole dorée du pavillon d'été qui se découpait au-dessus des marronniers sur le fond du ciel anglais, ce ciel de bon ton, avec ces nuages bien rangés et ses teintes bleu pâle qui la faisaient penser aux robes de ses petites filles, sans trace de personnalité ou d'imagination : un ciel qui paraissait habillé par le couturier de la famille royale, strictement neutre et *comme il faut.*

Lady L. avait toujours trouvé que le ciel anglais était un pisse-froid. On ne lui imaginait aucun émoi secret, aucune colère, aucun élan ; même au plus fort des averses, il manquait de drame ; ses plus violents orages se bornaient à arroser le gazon ; ses foudres savaient tomber loin des enfants et éviter les chemins fréquentés ; il n'était vraiment lui-même que dans la petite pluie fine et régulière, dans la monotonie des brumes discrètes et distinguées ; c'était un ciel de parapluie, qui avait des manières, et l'on sentait bien que lorsqu'il se permettait quelque éclat, c'était seulement parce qu'il y avait partout des paratonnerres. Mais tout ce qu'elle demandait encore au ciel, c'était de prêter son fond serein à la coupole dorée, pour qu'elle pût rester ainsi des heures à sa fenêtre à regarder, à se souvenir, à rêver.

Le pavillon avait été bâti dans le style oriental à la mode dans sa jeunesse. Elle y avait entassé ses turqueries, qu'elle collectionnait avec un tel raffinement dans le mauvais goût et un tel défi à l'art véritable qu'un des grands moments de sa longue carrière d'ironie datait du jour où Pierre Loti, ayant été admis par faveur spéciale dans le temple, y avait pleuré d'émotion.

— Je crois que je ne changerai jamais, dit-elle soudain à haute voix. Je suis un peu anarchiste. A quatre-vingts ans, c'est assez gênant, évidemment. Et romantique, par-dessus le marché, ce qui n'arrange rien.

La lumière jouait sur son visage où les marques de l'âge ne se trahissaient que par cette sécheresse teintée d'ivoire à laquelle elle ne parvenait pas à s'habituer et qui la surprenait chaque matin. La lumière semblait avoir vieilli. Pendant cinquante ans elle avait conservé tout son éclat ; à présent, elle déclinait, se ternissait, se laissait aller à la grisaille. Mais elles faisaient encore bon ménage toutes les deux. Ses lèvres fines et délicates ne ressemblaient pas encore à des bestioles desséchées prises dans la toile d'araignée des rides, seuls les yeux s'étaient sans doute un peu rangés, et une petite lueur amusée y était venue tempérer d'autres feux plus ardents et plus secrets. Elle n'avait pas été moins célèbre par son esprit que par sa beauté : une ironie qui ne s'attardait pas, qui faisait mouche sans blesser, avec l'élégance des maîtres d'armes qui savent marquer leur supériorité sans humilier. Ces jeux étaient devenus bien rares : elle avait survécu à tout ce qui pouvait mériter d'être pour elle une cible. Les jeunes gens la regardaient avec admiration : ils sentaient qu'elle avait été une femme. C'était assez pénible, mais il fallait savoir être et avoir été. Du reste, ce n'était pas

12

un siècle où l'on aimait vraiment les femmes. Et pourtant, ce visage qui avait pendant si longtemps été le sien... Elle ne le reconnaissait plus. Il lui arrivait parfois d'en rire. C'était vraiment *trop* drôle. Elle n'avait pas prévu cela, il fallait bien l'avouer, elle avait été pendant si longtemps admirée, adulée, qu'elle n'avait jamais vraiment admis que cela pût lui arriver à elle, que le temps pouvait aller jusque-là. Quelle brute, tout de même ! Il ne respectait rien. Elle ne se lamentait pas, mais cela l'agaçait. Chaque fois qu'elle se regardait dans un miroir — il fallait bien, parfois —, elle haussait les épaules. C'était *trop* absurde. Elle se rendait parfaitement compte qu'elle n'était plus qu'une « adorable vieille dame » — oui, après toutes ces années qu'elle avait déjà perdues à être une dame, il fallait à présent être une vieille dame, par-dessus le marché. « On voit encore qu'elle a dû être très belle... » Lorsqu'elle percevait ce murmure insidieux, elle avait de la peine à retenir un certain mot bien français qui lui montait aux lèvres, et faisait semblant de ne pas avoir entendu. Ce qu'on appelle si pompeusement « le grand âge » vous fait vivre dans un climat de muflerie que chaque marque d'égards ne fait qu'accentuer : on vous apporte votre canne sans que vous l'ayez demandée, on vous offre le bras chaque fois que vous faites un pas, on ferme les fenêtres dès que vous apparaissez, on vous murmure « Attention, il y a une marche », comme si vous étiez aveugle, et on vous parle avec des airs faussement enjoués, comme si on savait que vous alliez mourir demain, et qu'on essayait de vous le cacher. Elle avait beau savoir que ses yeux sombres, son nez à la fois délicat et fermement dessiné — on ne manquait jamais à son propos de parler de « nez aristocratique » —, son sourire — le célèbre sourire de Lady L. — forçaient encore toutes les têtes à se retourner sur son passage, elle savait fort bien que dans la vie comme dans l'art le style n'est qu'un suprême refuge de ceux qui n'ont plus rien à offrir et que sa beauté pouvait encore inspirer un peintre, mais plus un amant. Quatre-vingts ans! C'était incroyable.

— Et puis, zut! dit-elle. Dans vingt ans, il n'y paraîtra plus.

Après plus de cinquante ans passés en Angleterre, elle pensait encore en français.

Elle apercevait sur la droite l'entrée principale du château, avec ses colonnades et l'escalier en éventail qui s'étalait avec complaisance en descendant vers les pelouses; Vanbrugh avait certainement le génie de la lourdeur; tout ce qu'il avait bâti pesait sur la terre comme pour la punir de ses péchés. Lady L. avait horreur des puritains et elle avait même songé à faire peindre le château en rose, mais s'il y avait une chose qu'elle avait apprise en Angleterre, c'était qu'il fallait savoir se retenir lorsqu'on pouvait tout se permettre, et les murs de Glendale House demeurèrent gris. Elle s'était contentée de décorer les quatre cents pièces de trompe-l'œil à l'italienne, et ses Tiepolo, ses Fragonard et ses Boucher luttaient vaillamment contre l'ennui des grandes salles en enfilade où tout paraissait prêt pour l'arrivée du train.

Une Rolls remonta lentement l'allée principale, s'arrêta devant le perron et l'aîné de ses petits-fils, James, après avoir attendu que le chauffeur vînt lui ouvrir la portière, émergea du véhicule, sa serviette de cuir sous le bras.

Lady L. avait horreur des serviettes de cuir, des banquiers, des réunions de famille et des anniversaires; elle détestait tout ce qui était comme il faut, cossu, satisfait de soi-même, conventionnel et empesé, mais elle avait choisi tout cela délibérément, elle était allée jusqu'au bout. Pendant toute sa vie, elle avait mené une action terroriste implacable et sa campagne avait admirablement réussi : son petit-fils Roland était ministre, Anthony allait bientôt être évêque, Richard était lieutenant-colonel du régiment de la Reine, James présidait aux destinées de la Banque d'Angleterre, et sa rivale n'avait jamais rien haï autant que la police et l'armée, si ce n'est l'Église et les riches.

« Ça t'apprendra », pensa-t-elle, en regardant le pavillon.

La famille l'attendait dans la pièce voisine, autour de l'horrible gâteau d'anniversaire, et il fallait continuer à jouer le jeu. Ils devaient être au moins trente là-dedans, en train de se demander pourquoi elle les avait quittés si brusquement, sans aucune explication, et ce qu'elle pouvait bien faire toute seule dans le

15

salon vert aux perroquets. Mais elle n'était jamais seule, naturellement.

Elle se leva donc pour rejoindre ses petits et arrière-petits-enfants. Elle n'en aimait qu'un, le benjamin, qui avait de beaux yeux sombres et impudents, des boucles aux reflets fauves et une impétuosité, une virilité naissante qui l'enchantaient : la ressemblance était vraiment extraordinaire. Il paraît que l'hérédité se manifeste souvent ainsi, en sautant une ou deux générations. Elle était sûre qu'il allait faire des choses terribles lorsqu'il serait grand : c'était de la graine d'extrémiste, cela se sentait immédiatement. Peut-être avait-elle donné à l'Angleterre un futur Hitler ou un Lénine, qui allait tout casser. Elle mettait tous ses espoirs en lui. Avec des yeux pareils, il allait certainement faire parler de lui. Quant aux autres moutards dont elle confondait toujours les noms, ils sentaient le lait et il n'y avait rien d'autre à en dire. Son fils était rarement en Angleterre : sa théorie était qu'il fallait profiter du monde pendant que celui-ci était encore décadent.

Tous ses amis étaient morts jeunes. Gaston, son chef français, l'avait quittée bêtement à soixante-sept ans. On mourait de plus en plus vite, à présent. Elle songea au nombre étonnant de ses familiers auxquels elle avait survécu. Chiens, chats, oiseaux — ils se comptaient par centaines. La vie d'une bête était si tristement brève : elle avait depuis longtemps renoncé à en avoir, écœurée de leur survivre, et ne gardait plus auprès d'elle que Percy. C'était *trop* affreux. On commence à se lier avec un

16

animal, à le comprendre et à l'aimer, et voilà qu'il vous quitte. Elle avait horreur des séparations et ne s'attachait plus qu'à des objets. Quelques-unes de ses amitiés les plus satisfaisantes, elle les avait vécues avec des *choses* : au moins, elles ne vous quittaient pas. Elle avait besoin de compagnie.

Elle ouvrit la porte et fit son entrée dans le salon gris : on l'appelait encore « gris », car telle fut sa couleur initiale, mais il y avait plus de quarante ans maintenant qu'elle l'avait redécoré de boiseries blanches et dorées parmi lesquelles rôdaient en trompe-l'œil les personnages aériens des comédies italiennes, et leurs pirouettes légères luttaient victorieusement contre la froideur hautaine et maussade du lieu.

Le premier à l'accueillir avec à peine un regard de reproche — il y avait plus d'une heure qu'on l'attendait — fut naturellement Percy, son chevalier servant, son « sigisbée », ainsi qu'on le disait de son temps : malgré son extrême discrétion, le dévouement empressé et de tous les instants dont il l'entourait finissait tout de même par vous coller un peu aux doigts. Sir Percy Rodiner, depuis vingt ans Poète-Lauréat de la Cour d'Angleterre, c'est-à-dire chantre officiel de la Couronne, dernier barde de l'Empire — cent vingt odes officielles, trois volumes de poèmes de circonstance : naissances royales, couronnements, décès, victoires en tout genre — s'était vaillamment tenu avec Sir John Masefield aux premières lignes du *bel canto* britannique, depuis la bataille de

17

Jutland jusqu'à El-Alamein et avait vraiment réussi quelque chose d'assez dégoûtant : il avait réconcilié la poésie avec la vertu et avait même été élu au Boodle's sans une voix d'opposition. Il avait en tout cas survécu à tous ses autres animaux familiers ; elle s'était habituée à lui et eût été sincèrement contrariée s'il était venu à lui manquer. Il n'avait du reste que soixante-dix ans, mais faisait nettement plus que son âge. Physiquement, il rappelait un peu Lloyd George : c'était la même crinière blanche, le même front noble et les mêmes traits fins, mais la ressemblance s'arrêtait là. Le Gallois aimait vraiment les femmes et savait se conduire mal avec elles, tandis que Lady L. était sincèrement convaincue que ce pauvre Percy était vierge. Elle avait essayé deux ou trois fois de le dévergonder avec l'aide de quelques charmantes demi-mondaines qu'elle connaissait, mais Percy s'était chaque fois enfui en Suisse.

— Ma chère Diane...

C'était un nom qui lui allait bien... Dicky l'avait choisi lui-même, après avoir longtemps hésité entre Éléonore et Isabelle. Mais Éléonore faisait noir, peut-être à cause d'Edgar Poe, et Isabelle évoquait irrésistiblement la chemise sale de la reine du même nom. Il avait finalement opté pour Diane, parce que cela faisait très blanc.

— Nous commencions à être un peu inquiets.

Il était parfois arrivé à Lady L. de se demander si Percy ne molestait pas les petites filles dans les parcs, s'il n'était pas un vicieux qui cachait admirablement son jeu, s'il n'était pas pédéraste et ne se faisait pas empapouiner par son valet ou fouetter par une prostituée dans quelque coin de Soho, mais ce n'était chez elle qu'une sorte de romantisme de jeune fille qui avait survécu aux épreuves, et il y avait longtemps que ses espoirs s'étaient évanouis devant l'évidence d'une intégrité morale à vous soulever le cœur, qui émanait de Percy comme une sorte de funeste radiation. C'était vraiment un homme honorable et comment la poésie était allée se fourrer là-dedans, Dieu seul le savait. C'était d'ailleurs aussi le seul homme qu'elle eût connu qui ait un regard de bon chien tout en ayant des yeux bleus. Elle l'aimait bien, malgré tout. Devant lui, elle pouvait laisser tomber son masque de vieille dame et les conventions du grand âge pour se manifester librement avec toute l'impertinence et la fraîcheur de ses vingt ans; le temps ne vous fait pas vieillir, mais vous impose ses déguisements. Lady L. se demandait souvent ce qu'elle ferait si elle devenait vraiment vieille, un jour. Elle n'avait pas le sentiment que cela pût lui arriver, mais on ne savait jamais : la vie avait plus d'un tour dans son sac. Il lui restait encore quelques bonnes années : après, il se passerait sûrement quelque chose, elle ne savait quoi, au juste. La seule solution, lorsque la vieillesse viendrait, serait de se retirer dans son merveilleux jardin, à Bordighera, et de se consoler avec les fleurs.

Elle accepta une tasse de thé. Toute la

19

famille s'empressait autour d'elle et c'était assez effrayant. Elle n'était jamais parvenue à se faire à l'idée qu'elle était à l'origine de ce troupeau : plus de trente têtes. Elle ne pouvait même pas dire en les regardant : « Je n'ai pas voulu cela. » Elle l'avait voulu, au contraire, sciemment, délibérément : c'était l'œuvre de sa vie. Il était tout de même difficile de comprendre comment tant de folie amoureuse, de tendresse, de volupté, d'égarement et de passion pouvaient avoir abouti à ces personnages incolores et empesés. C'était vraiment incroyable et assez embarrassant. Cela jetait une sorte de doute, de discrédit sur l'amour. « Comme ce serait merveilleux de pouvoir tout leur dire, songea-t-elle, en buvant son thé à petites gorgées et en les observant ironiquement. Comme ce serait drôle de voir leurs visages assurés se décomposer soudain dans l'horreur et le désarroi. Il suffirait de quelques mots pour que leur univers si confortable croule soudain sur leurs têtes bien nées. » C'était très tentant. Ce n'était pas la crainte du scandale qui la retenait. Elle frissonna et serra un peu plus étroitement le châle indien autour de ses épaules. Elle aimait sentir la caresse légère et chaude du cachemire sur son cou. Il lui semblait que sa vie, depuis une éternité, n'était plus qu'une succession de châles — des centaines et des centaines d'étreintes de laine et de soie. Les cachemires, notamment, étaient capables de beaucoup de douceur.

Elle s'aperçut soudain que Percy était en train de lui parler. Il était planté là, avec sa tasse de thé, entouré de visages approbateurs et discrètement amusés. Percy avait un talent extraordinaire pour les clichés : il parvenait même à s'élever à cette grandeur dans la banalité qui faisait parfois de ses discours une sorte d'admirable défi à l'originalité.

— Une vie si noble, disait-il. Cette époque brutale et vulgaire mérite de la connaître pour en être éclairée. Ma chère Diane, avec l'approbation de vos proches — je dirais même sur leur instance — je demande à l'occasion de votre anniversaire que vous m'autorisiez à écrire votre biographie.

« Eh bien, ce serait du joli », pensa-t-elle en français.

— C'est trop tôt, vous ne trouvez pas, Percy ? demanda-t-elle. Attendons encore un peu. Il va peut-être m'arriver quelque chose d'intéressant. Une vie sans histoires comme la mienne, ce serait mortellement ennuyeux.

On se récria aimablement. Elle se pencha vers son arrière-petit-fils, Andrew, et lui caressa tendrement la joue. Il avait vraiment de très beaux yeux. Noirs, un peu moqueurs, violents... « Il les fera souffrir », pensa-t-elle avec satisfaction.

— Il a tout à fait les yeux de son arrière-grand-père, dit-elle avec un soupir. La ressemblance est extraordinaire.

La mère du petit garçon — Lady L. nota un incroyable chapeau bleu avec des oiseaux et des fleurs, à faire frémir la princesse Margaret elle-même — parut étonnée.

— Mais je croyais que le Duc avait des yeux bleus ?

Lady L. ne répondit pas et lui tourna le dos. « Encore un », constata-t-elle, en se mordant les lèvres, cette fois sur la tête d'un laideron qui était, si elle se souvenait bien, l'épouse de son fils Anthony, le clergyman. Elle regarda le chapeau fixement : la crème était vraiment parfaite.

— Quel merveilleux gâteau d'anniversaire, dit-elle, en fixant le chapeau une fraction de seconde encore, avant de transférer son regard vers la pièce de pâtisserie posée sur le plateau d'argent.

Il fallut ensuite dire quelques mots au raté de la famille, Richard, qui était lieutenant-colonel du régiment de la Reine. La Religion et l'Armée liquidées, il ne restait plus que le Gouvernement et la Banque d'Angleterre, et elle se dirigea résolument de leur côté. Roland avait poussé jusqu'à la perfection cet art très anglais de passer totalement inaperçu pour mieux se faire remarquer. Il se trouvait depuis plusieurs années à la tête d'un ministère modeste, mais son absence de brillant et de personnalité, son air effacé et son caractère parfaitement terne avaient attiré sur lui l'attention du Premier ministre : on parlait de lui pour succéder à Eden à la tête du Foreign Office ; le parti conservateur semblait le préférer même à Rab Butler et voyait déjà en lui le rival de MacMillan. Sa platitude était de celles dont on attend en Angleterre de grandes choses. Lady L. trouvait incroyable qu'un authentique aristocrate pût briguer le pouvoir : qu'un homme du peuple voulût accéder au gouvernement, c'était naturel, mais que le fils aîné du duc de Glendale pût ainsi s'abaisser lui paraissait vraiment choquant. Gouverner était un métier d'intendant et il était normal qu'un peuple choisît ses domestiques, c'était après tout cela, la démocratie. Elle lui demanda des nouvelles de sa femme et de ses enfants, faisant semblant d'oublier qu'ils étaient là, et Roland lui donna ces informations dénuées d'intérêt avec patience, puisque c'était là le seul sujet de conversation possible entre eux.

C'était presque fini. Il restait encore le portrait rituel pris chaque année par le photographe de la Cour pour la couverture du *Tatler* ou de l'*Illustrated London News,* et puis les adieux, mais ceux-ci allaient être brefs. Elle en serait débarrassée jusqu'à Noël. Elle alluma une cigarette. Elle trouvait toujours très bizarre et amusant de pouvoir fumer en public : elle n'arrivait pas à se faire à l'idée que c'était aujourd'hui une pratique couramment admise. Ses petits-enfants continuaient à papoter, et elle inclinait parfois gracieusement la tête, comme si elle écoutait ce qu'ils disaient. Elle n'avait jamais aimé les enfants et le fait que certains d'entre eux eussent à présent plus de quarante ans rendait tout cela assez ridicule. Elle avait envie de leur dire d'aller jouer ailleurs, de les renvoyer à leurs enfantillages, à leurs banques, leur Parlement, leurs clubs, leurs états-majors. Les enfants se font particulièrement insupportables lorsqu'ils deviennent des grandes personnes, ils vous assomment avec leurs « problèmes » : impôts, politique, argent. Car on ne se gênait plus aujourd'hui pour parler argent en présence des dames. Autrefois on ne se préoccupait pas de l'argent : on en avait ou on faisait des dettes. Aujourd'hui les femmes étaient de plus en plus considérées comme les égales des hommes : les hommes s'étaient émancipés. Les femmes avaient cessé de régner. Même la prostitution était interdite. Personne ne savait plus se tenir : c'était tout juste si on ne vous amenait pas des Américains à dîner. Dans sa jeunesse, les Américains n'existaient tout bonnement pas : on ne les avait pas encore découverts. On pouvait lire le *Times* pendant des années sans trouver autre chose que quelque reportage d'explorateur revenu des États-Unis.

On avait préparé à son intention un fauteuil : c'était le même depuis quarante-cinq ans, et on le plaçait toujours au même endroit, sous le portrait de Dicky, par Lawrence, et le sien, par Boldini — et le photographe papillonnait déjà autour d'elle avec son derrière de chérubin. Tout le monde était pédéraste, aujourd'hui. Pourquoi, Dieu seul le savait. Elle avait horreur des mignons, elle aimait trop les hommes pour qu'il pût en être autrement. Les mignons existaient déjà, bien sûr, lorsqu'elle était jeune, mais ils ne se soulignaient pas, ils froufroutaient moins, et leur petit derrière avait une expression beaucoup plus réservée. Elle jeta un coup d'œil désapprobateur au jeune tonton, et se demanda si elle n'allait pas lui dire quelque chose de désagréable : c'était tout de même une sacrée impudence que de venir ici exhaler un parfum de Schiaparelli. Mais elle se retint : elle n'insultait que les gens de son milieu. La photo allait paraître demain dans tous les journaux. C'était ainsi chaque année.

Elle portait un des plus grands noms d'Angleterre et elle avait longtemps choqué, irrité et même scandalisé l'opinion publique par son extravagance et peut-être aussi par sa beauté. Ses origines françaises avaient jusqu'à un certain point servi d'excuse à l'extraordinaire perfection de ses traits, qui forçait un peu trop l'attention ; cependant, il ne fallait pas exagérer, et elle avait beaucoup voyagé, par égard pour la Cour, et pour une société qui n'aimait pas être troublée. Depuis longtemps, on lui avait tout pardonné : elle faisait en quelque sorte partie du patrimoine national. Ce qui jadis était considéré comme excentrique dans son caractère était aujourd'hui vénéré comme de charmants traits d'originalité bien britannique. Elle s'installa donc dans le fauteuil, une main posée sur le pommeau de sa canne, dans l'attitude que l'on attendait d'elle, et elle essaya même de réprimer son sourire qui la trahissait toujours un peu ; le Gouvernement se rangea à sa droite, l'Église à sa gauche, la Banque d'Angleterre et l'Armée derrière elle, et tout le reste se disposa dans l'ordre d'importance décroissante sur trois rangs. La photo terminée, elle accepta encore une tasse de thé :

c'était vraiment tout ce qu'on pouvait faire avec les Anglais.

Ce fut à ce moment que les mots « pavillon d'été » parvinrent à ses oreilles et éveillèrent immédiatement son attention. C'était Roland qui parlait.

— Cette fois, je crains vraiment qu'il n'y ait rien à faire. Ils ont décidé de faire passer l'autoroute à cet endroit-là. Il faudra le démolir avant le printemps prochain.

Lady L. posa sa tasse. Il y avait déjà plusieurs années que sa famille essayait de la convaincre de vendre le pavillon et le terrain attenant : les impôts, paraît-il, devenaient trop lourds, l'entretien de la propriété posait des problèmes, enfin, toutes sortes de balivernes. Elle n'avait jamais voulu accorder la moindre attention à ces propos ridicules et interrompait toute discussion sur ce sujet d'un haussement d'épaules dont on disait qu'il était « très français ». Mais à présent, il ne s'agissait plus de la famille. Le gouvernement avait voté l'expropriation : les travaux allaient commencer le printemps prochain. Le pavillon était condamné. « Naturellement, conclut-il d'un ton rassurant, il y aurait des compensations... » Elle le foudroya du regard : compensations, en vérité ! Sa seule raison d'être allait lui être enlevée et ce sinistre crétin parlait de compensations.

— Sornettes, dit-elle fermement. Je n'ai pas l'intention de me laisser faire.

— Hélas, Bonne-Douce, nous n'y pouvons

26

rien. Nous ne pouvons aller contre les lois du pays.

Sornettes! On n'avait qu'à modifier les lois : elles étaient faites pour cela. Elle le leur avait déjà dit cent fois : le pavillon avait pour elle une grande valeur sentimentale. Après tout le parti conservateur était encore au pouvoir : on était entre amis. Ils pouvaient donc régler ce petit problème sans la déranger.

Elle crut la question réglée : elle avait l'habitude d'être obéie. Ce fut donc pour elle un choc de voir qu'il n'en était rien : la famille revenait à la charge. Ils se montrèrent pleins d'égards, pleins de compréhension, courtois mais fermes ; le terrain allait devenir propriété de l'État. Quelle aubaine pour le parti travailliste, à la veille des élections, si les journaux, toujours à l'affût d'un prétexte pour attaquer les gens en vue, annonçaient que la famille d'un des membres du gouvernement, une des plus grandes familles du pays, s'opposait à la construction d'une nouvelle route et s'efforçait de faire échouer un projet qui devait favoriser le développement de toute la région. Les socialistes attaquaient déjà suffisamment ce qu'ils appelaient les « classes privilégiées », il fallait éviter de faire leur jeu. Le pavillon était condamné sans appel.

— Noblesse oblige, dit Roland, avec cet art du cliché qui en faisait un des orateurs les plus sûrs du parti conservateur.

Il prit un air fin : il allait se surpasser :

— Noblesse oblige, surtout dans une démocratie.

Lady L. n'avait jamais cru que la démocratie fût autre chose qu'une façon de s'habiller, mais ce n'était pas le moment de les choquer. Elle fit ce qu'elle n'avait jamais fait avec eux : elle tenta de les apitoyer. Elle ne pouvait vivre sans les objets qu'elle avait accumulés dans son pavillon ; il ne pouvait être question pour elle de s'en séparer. Eh bien, qu'à cela ne tienne : les objets pouvaient être transportés ailleurs.

— Transportés ailleurs ? répéta Lady L.

Elle éprouva soudain un sentiment de désarroi voisin de la panique et dut faire un effort pour ne pas se mettre à pleurer devant ces étrangers. Elle eut encore une fois envie de tout leur dire, de leur crier la vérité sur eux tous, pour les punir de leur présomptueuse fatuité. Mais elle sut se dominer : ce n'était vraiment pas une raison pour défaire en un clin d'œil l'œuvre d'une vie. Elle se leva, serra le châle autour de ses épaules, promena autour d'elle un regard hautain et méprisant et, sans un mot, quitta la pièce.

Ils demeurèrent un peu décontenancés et mal à l'aise, surpris par cette sortie si soudaine, par cette jeunesse impétueuse du geste et du regard, un peu inquiets, tout de même, malgré les airs amusés et indulgents qu'ils affichaient.

— Elle a toujours été un peu excentrique, n'est-ce pas. Pauvre Bonne-Douce, elle ne comprend pas que les temps ont changé.

CHAPITRE II

Sir Percy l'avait suivie, bien entendu, et faisait des efforts si touchants pour la rassurer — il allait voir le Premier ministre, il allait écrire une lettre au *Times,* protester contre le vandalisme des pouvoirs publics — qu'elle lui prit tendrement le bras et lui fit un beau sourire à travers ses larmes. Elle savait que les tendres sourires qu'elle lui avait offerts avaient été de grands moments de sa vie et qu'il pouvait probablement se les rappeler tous.

— Ma chère Diane...

— Pour l'amour du ciel, Percy, posez votre tasse. Vos mains tremblent. Vous vous faites vieux.

— Vous voir pleurer me ferait trembler même si j'avais vingt ans. Cela n'a rien à voir avec l'âge.

— Eh bien, débarrassez-vous de votre tasse et écoutez-moi. Je suis dans une situation horrible... Bon, voilà que vos genoux se mettent à trembler aussi. J'espère que vous n'allez pas tomber mort de saisissement. Comment va votre tension ?

— Mon Dieu, je viens justement de me faire examiner des pieds à la tête par Sir Hartley. Il m'a trouvé en pleine forme.

— Tant mieux. Car il va falloir que vous vous prépariez à subir un choc, mon ami.

Le Poète-Lauréat se raidit légèrement : il ne savait jamais quel trait acéré elle allait lui lancer. Il en avait toujours été ainsi, et comme il lui tenait compagnie presque constamment depuis près de quarante ans, son visage avait fini par arborer en permanence une expression de nerveuse appréhension. La vérité était que Percy aimait souffrir : tous les mauvais poètes sont ainsi. Ils adorent les blessures, à condition qu'elles ne soient pas trop profondes, et dans le cas de Percy, le fait qu'elles lui soient infligées par une très grande dame lui procurait par surcroît un délicieux sentiment de réussite sociale. Quant au reste, il ne concevait l'amour que platonique et irréalisable et si elle s'était jamais offerte à lui, il se serait immédiatement enfui en Suisse. Et pourtant Lady L. était loin de trouver cela ridicule. Un homme capable de vous aimer pendant quarante ans est à l'abri du ridicule. Le pauvre était simplement attaché à la vertu et à la pureté avec l'obstination farouche des natures vraiment distinguées que la réalité épouvante, pour qui l'amour se passe seulement entre les âmes, et qui n'ont jamais pu se faire à l'idée qu'il fallait y mêler encore les mains et Dieu sait quoi.

— Vous allez m'aider à mettre en lieu sûr des objets très... comment vous dire, cher Percy ? des objets très compromettants, mais auxquels je tiens beaucoup. Ils ont pour moi une grande valeur sentimentale. Essayez pour une fois de vous montrer compréhensif. Je ferai de mon mieux pour ne pas trop vous effaroucher...

— Ma chère Diane, je ne suis pas le moins du monde inquiet. Je ne vous ai jamais rien vue faire qui ne fût à l'honneur de votre réputation et du grand nom que vous portez...

Lady L. le regarda à la dérobée et un léger sourire se dessina sur ses lèvres. *Ça va être assez marrant,* pensa-t-elle soudain, et s'étonna aussitôt elle-même de la facilité avec laquelle elle retrouvait toujours certaines expressions françaises qu'elle avait si rarement l'occasion d'utiliser.

Ils traversèrent le salon bleu où les Titien et les Véronèse se glaçaient complètement dans une atmosphère de musée que la hauteur du plafond et les proportions solennelles du lieu rendaient particulièrement pénible. C'était une espèce de *God save the King* en pierre de taille et tout aussi pesant. Vanbrugh avait toujours construit ses palais comme pour donner libre cours à son horreur de la joie, du plaisir, de la légèreté et de la lumière, et c'était une vraie chance, pour les îles Britanniques, qu'il n'eût pas vécu assez longtemps ni construit assez pour les faire sombrer dans l'Océan sous le poids de ses œuvres. Lady L. avait soutenu une lutte aussi vaillante que futile contre lui, car c'est en vain que ses trompe-l'œil italiens, ses Tiepolo et ses Fragonard s'efforçaient d'alléger les épaisses murailles, Vanbrugh l'avait vain-

31

cue, Glendale House continuait à faire l'admiration et la fierté des Anglais et son architecture à être citée en exemple des vertus et qualités traditionnelles de la race. Peut-être était-elle demeurée trop féminine, malgré les années passées dans ce pays, pour apprécier comme il convenait la grandeur, la majesté et la solidité : elle préférait le talent au génie et ne demandait pas à l'art et aux hommes de sauver le monde, mais seulement de le rendre plus agréable. Elle aimait les œuvres que l'on peut caresser tendrement du regard, et non pas celles devant lesquelles on s'incline avec respect. Les génies qui se vouaient corps et âme à la poursuite de l'immortel la faisaient penser à ces idéalistes toujours prêts à détruire le monde pour mieux le sauver. Il y avait longtemps qu'elle avait réglé ses comptes avec l'idéalisme et les idéalistes, mais la blessure secrète n'était pas guérie et elle leur gardait toujours *un chien de sa chienne,* une de ses expressions favorites, qu'elle n'était jamais parvenue à traduire en anglais.

Ils descendirent les grandes marches de l'entrée principale et suivirent l'allée des châtaigniers. Il n'y avait pas plus de huit cents mètres à faire jusqu'au pavillon entouré de la petite jungle privée qu'elle avait laissée pousser à sa guise et qu'aucun jardinier n'avait le droit de toucher. De tous les magnifiques jardins qu'elle avait connus dans sa vie, ce coin sauvage était le plus cher à son cœur. Les mauvaises herbes y étaient les bienvenues, les buissons et les ronces envahissaient le sentier, et la sève populaire de la terre y éclatait librement à chaque belle saison.

Le soleil déclinait et les arbres s'allongeaient dans l'allée et sur le gazon distingué, toujours rasé de près ; les feuillages paraissaient encore très verts et c'était seulement lorsque la lumière les touchait qu'ils révélaient soudain leur maturité dorée. Le parc était bien coiffé et très correctement vêtu. Les parterres de fleurs savamment dessinés autour du bassin, les buissons de roses-thé, si justement nommées « après-midi anglais », qui poussaient à une distance respectueuse les unes des autres et sentaient bon, mais avec retenue, les statues de Vénus pudiquement drapées et des cupidons qui évoquaient bien plus la pouponnière que l'alcôve, la pelouse qui semblait attendre ses paisibles joueurs de croquet, tout cet univers mesuré et comme il faut lui était depuis si longtemps familier qu'elle ne se laissait plus irriter par sa bienséante placidité. Elle le traversait chaque jour pour se rendre dans sa jungle et ne lui prêtait plus attention. Elle s'arrêta cependant au bord de l'étang et sourit aux deux cygnes noirs qui glissèrent aussitôt vers elle parmi les nymphéas ; elle prit dans sa poche quelques bouts de pain qu'elle emportait toujours dans ses promenades — il y avait aussi des noisettes pour les écureuils — et les offrit à ces superbes. Les deux cous décrivirent leurs arabesques, les deux becs plongèrent en même temps, et puis ces monstres d'égoïsme s'éloignèrent lentement sans autre signe de gratitude que le droit qu'ils vous laissaient de les admirer. Lady L. aimait chez les bêtes cette indifférence souveraine : elles savaient que tout leur était dû. Elle les suivit un instant du regard, puis soupira.

— Je vous préviens tout de suite qu'il s'agit d'une histoire d'amour, Percy. Là, je le savais. Ne faites donc pas cette tête, mon ami. Je promets de ne vous donner que le minimum de détails... Si vous vous sentez incommodé, n'hésitez pas à m'arrêter.

CHAPITRE III

Annette Boudin était née dans une impasse rue du Gire, derrière l'établissement bien connu de la mère Mouchette où avaient lieu certains divertissements très recherchés par les âmes blasées, notamment ceux de l'âne, de l'artichaut, de la houlette, de l'oignon, de la pâquerette, de la feuille de rose, de Marat dans sa baignoire, de la moutarde à l'estragon, de Napoléon sur les remparts, du cosaque à Borodino, de la prise de la Bastille, du massacre des innocents, du clou extrait du mur et de la pièce de monnaie ramassée sur la table par des moyens que la nature n'avait pas prévus, tous méticuleusement décrits par Arpitz dans son *Histoire du vice bourgeois,* ouvrage admirablement documenté que Lady L. avait offert un jour comme cadeau de Noël à l'ambassadeur de France à Londres, qu'elle jugeait un peu trop sûr de lui et de ce qu'il représentait. La première influence intellectuelle et morale qu'Annette dut subir dès son plus jeune âge fut celle de son père, un maître typographe qui venait fréquemment s'asseoir sur son lit pour expliquer à son unique enfant qu'il n'y avait que trois sources de clarté qui illuminaient le monde en dehors du soleil et que tout citoyen, homme, femme ou enfant, devait apprendre à vivre et à mourir pour elles : la Liberté, l'Égalité et la Fraternité. Elle avait donc commencé très tôt à haïr ces mots, non seulement parce qu'ils lui arrivaient toujours dans une forte odeur d'absinthe, mais aussi parce que la police venait fréquemment cueillir son père, qu'elle accusait d'imprimer secrètement et de distribuer des pamphlets subversifs appelant le peuple à la révolte contre l'ordre établi, et chaque fois que les deux argousins arrivaient dans leur taudis pour passer les menottes à M. Boudin, Annette courait vers sa mère qui faisait la lessive dans la cour et lui annonçait :

— Liberté et Égalité ont encore emmené le vieux au poste.

Lorsqu'il n'était pas en prison ou au cabaret, M. Boudin passait son temps à déplorer l'état intellectuel et moral de l'humanité. C'était un homme grand, costaud, moustachu, dont la voix enrouée prenait facilement des accents geignards et qui voulait réformer le monde, faire « table rase de tout » et « repartir à zéro », deux expressions qui revenaient constamment dans ses propos. Peut-être parce qu'il laissait sa femme se tuer à la besogne sans jamais faire autre chose que de nobles discours pour l'aider, Annette se mit à détester tout ce que son père considérait comme admirable et à respecter tout ce qu'il dénonçait, si bien qu'elle put dire plus tard que l'éducation qu'elle avait

reçue de son père fut une des raisons détermi-
nantes de sa réussite dans la vie. Elle écoutait
son maître à penser avec attention, ayant très
tôt compris qu'en prenant le contre-pied de
tout ce qu'il disait, son enseignement pouvait
lui être utile. M. Boudin passait des heures à
lui expliquer pourquoi on devait assassiner le
préfet de police, d'une voix nasillarde portée
par de tels relents d'oignon et de vinasse que le
préfet de police devenait aux yeux d'Annette
un prince charmant dont elle rêvait tendrement la nuit. Elle en vint très tôt à haïr la voix
de son père presque autant que celle de l'âne
Fernand qui la réveillait parfois au milieu de la
nuit, lorsque les gens du beau monde venaient
assister à certains spectacles classiques dans
l'établissement de la mère Mouchette. Mais ce
qu'elle détestait par-dessus tout, c'était de voir
sa mère trimer quatorze heures par jour pour
essayer de gagner les quelques francs qu'il leur
fallait pour subsister, et la vue de cette femme
prématurément vieillie, penchée sur sa lessive
de l'aube à la nuit, éveillait en elle une
indignation et une haine de la pauvreté qui
n'épargnait même pas les pauvres, cependant
que son père, poursuivant son éducation, lui
décrivait l'institution bourgeoise du mariage
comme un exemple typique d'accaparement
capitaliste. « Le mariage, c'est le vol », brail-
lait-il, assis sur le lit de la fillette, la regardant
avec ses yeux ronds en boutons de bottine et
remuant ses moustaches de gros cafard; « le
mariage est une forme de propriété privée
incompatible avec la liberté de l'être humain,

forcer par contrat une femme à n'appartenir qu'à un seul homme, c'est du féodalisme ». Annette se mit donc à rêver de mariage et de propriété privée et lorsque son père en vint à la religion, lui expliqua l'inexistence de Dieu et lui dit tout ce qu'il pensait de la Sainte Vierge, elle commença à fréquenter l'église assidûment. Pendant que sa femme se tuait au travail, M. Boudin continuait à pérorer à perdre haleine sur le droit des femmes à disposer d'elles-mêmes ou restait simplement assis en caressant sa barbe et ses grosses moustaches à la Napoléon III, soupirant, un cure-dent à la main, le regard perdu dans le vide, rêvant à quelque chose qui, en fin de compte, se révélait toujours n'être qu'une bouteille d'absinthe. Le mère d'Annette exerçait le métier de blanchisseuse depuis que son mari avait abandonné son emploi de typographe pour se vouer à la cause de Bakounine et de Kropotkine. La plupart des établissements de la rue du Gire lui confiaient leurs draps — ceux, du moins, qui jugeaient bon d'offrir des draps à leurs clients. Le docteur Levesque, dans son livre sur la prostitution, estimait que le nombre d'étreintes subies par une fille de la rue du Gire en vingt-quatre heures se situait entre quarante et cinquante; ce nombre pouvait monter jusqu'à cent cinquante le soir des fêtes nationales et des parades militaires; le 14 juillet, à cet égard, était particulièrement célébré, la prise de la Bastille continuant manifestement à éveiller dans les âmes des hommes toujours autant d'ardeur. Annette faisait des courses pour les prostituées, les écoutait discuter entre elles des vertus comparées de leur souteneur, des exigences de leurs clients, tout cela ne lui apparaissait que comme une discussion technique entre professionnelles et la vue d'une fille attendant tranquillement un client le long du mur lui paraissait infiniment moins offensante que celle de sa mère penchée sur les draps sales de l'humanité. Lady L. n'était d'ailleurs jamais parvenue à voir dans le comportement sexuel des êtres le critère du bien et du mal. La morale ne lui paraissait pas se situer à ce niveau-là. Les graffiti phalliques qu'elle voyait sur les murs dès son plus tendre âge lui paraissaient aujourd'hui encore infiniment moins obscènes que les champs de bataille dits glorieux, la pornographie n'était pas pour elle dans la description de ce que les humains peuvent bien faire de leurs sphincters, mais dans les extrémismes politiques dont les ébats ensanglantent la terre ; les exigences qu'un client imposait à une prostituée étaient innocence et candeur comparées au sadisme des régimes policiers ; le dévergondage des sens était une pauvre chose à côté de celui des idées, et les perversions érotiques, de la bibliothèque rose comparées à celles des idéomaniaques allant jusqu'au bout de leurs obsessions : bref, l'humanité parvenait plus facilement au déshonneur avec la tête qu'avec le cul. La morale ne s'accommode pas du plaisir. Les prostituées étaient traînées à Saint-Lazare et examinées, mais les savants qui étaient en train de remplacer la syphilis par l'empoisonnement génétique tout aussi hérédi-taire étaient honorés par les défenseurs de la vertu. Lady L. n'était guère portée à la médita-tion philosophique et encore moins à la politi-que, pourtant, dès les premières explosions atomiques, elle écrivit au *Times* une lettre qui fit scandale, où elle comparait les perversions de la science à celles des sens, et demandait que les savants de Hartwell fussent mis en carte, soumis à un examen médical périodique et que la prostitution du cerveau fût, comme l'autre, strictement réglementée et contrôlée. Elle pensait souvent avec un sourire amusé à la rue du Gire où le vice était encore petit et aisé à satisfaire et ne prétendait pas entraîner le monde entier dans des ébats sanglants. Les pervertis qui y allaient ne rêvaient qu'à leur propre destruction, à quelques minutes d'un néant apprivoisé et même caressé dans le parfum frelaté des pauvres fleurs du mal baudelairiennes, s'aventurant dès la tombée de la nuit dans la ruelle où la mort les guettait sous un lampadaire, un foulard autour du cou et une fleur entre les dents, cependant que les pianos grêles et les accordéons susurraient derrière les murs leurs complaintes et leurs chaloupées. « En somme, pensait Lady L., un univers aussi banal et conventionnel que les deux pigeons qui s'aiment d'amour tendre ou que Paul et Virginie. »

Ce fut donc le père d'Annette qui se chargea de son éducation et elle avait huit ans lorsqu'il commença à lui faire apprendre par cœur et à lui faire réciter des morceaux choisis des *Princi-*

pes d'anarchie. Bientôt, elle lui déclamait les appels à la révolte sociale comme d'autres enfants récitent les *Fables* de La Fontaine. M. Boudin écoutait avec satisfaction, approuvant parfois d'un geste de la tête et tirant sur un cigare dont l'odeur puissante et nauséabonde donnait mal au cœur à l'enfant. Sa mère peinait dans la cour, son père parlait de justice, de la dignité naturelle de l'homme, de la réforme du monde : peut-être eût-elle gardé un souvenir moins pénible de ses leçons s'il était descendu dans la cour pour donner un coup de main à sa femme. Celle-ci mourut lorsque Annette avait quatorze ans et son père trouva tout naturel que la fillette continuât à faire marcher la blanchisserie, ce qu'elle fit pendant quelque temps, simplement parce qu'elle était trop désorientée pour songer à protester. M. Boudin ne manqua donc ni de pain ni d'absinthe et continua à s'occuper de l'éducation de la petite, lui décrivant en termes radieux l'avenir de l'humanité après l'abolition de la famille et de la société, lorsque l'individu, libre de toute contrainte, s'épanouira enfin dans toute sa beauté naturelle, et qu'on verra régner sur la terre l'harmonie universelle, celle des âmes, des corps et de l'esprit. L'absinthe faisant son œuvre, M. Boudin finissait par s'élever si haut dans l'idéalisme qu'elle devait l'aider à se déshabiller et à se coucher pour l'empêcher de tomber et de se faire mal. Mais les attaques du théoricien contre l'institution de la famille devinrent bientôt plus précises et plus explicites, et la fillette vit clairement

41

comment il entendait libérer les enfants et les parents des entraves de la morale bourgeoise et des préjugés qui les liaient. Lorsque cela se produisait, Annette sautait hors du lit l'injure aux lèvres, s'emparait d'un rouleau et donnait à l'auteur de ses jours quelques bons coups sur la tête, et M. Boudin, la bouteille sous le bras, battait rapidement en retraite. Elle fermait la porte à clef et demeurait un bon moment les yeux ouverts dans son lit, avant de s'endormir en rêvant de M. le préfet de Police, du pape, du gouvernement, de tout ce que son père détestait et qui lui apparaissait pour cette raison comme merveilleux. Elle ne pleurait jamais. Les larmes étaient pour elle le privilège des gosses de riches. Un jour, quand elle en aurait les moyens, elle allait pouvoir pleurer, elle aussi, mais pour l'instant il n'était pas question de se payer ce luxe. Elle n'avait aucune intention de continuer à trimer devant le lavoir, et elle était elle-même étonnée de la résistance qu'elle opposait aux souteneurs et aux filles qui lui demandaient ce qu'elle attendait, jeune et belle comme elle l'était, pour faire la vie. Ce n'étaient ni la honte ni les scrupules qui l'arrêtaient, mais elle avait un goût profond, presque sentimental, pour la propreté, peut-être, tout simplement, parce qu'elle avait été élevée dans une blanchisserie. Elle avait essayé de trouver du travail dans les beaux quartiers, chez des modistes, dans des pâtisseries et des cafés, mais elle était trop jolie, les patrons ne la laissaient pas en paix, et lorsqu'elle refusait, ils la mettaient à la porte.

Elle avait la tête lucide et ce bon sens français dont elle ne devait jamais se départir dans sa vie, et elle conclut bientôt qu'il valait mieux commencer par le trottoir plutôt que d'y finir : il n'y avait rien de plus triste pour elle que le spectacle des filles vieillissantes, tapies dans les coins les plus sombres de la rue, là où la lumière ne pouvait les atteindre. Le moins qu'on puisse dire, c'est que son premier client fut plus étonné que satisfait.

— J'ai eu de la veine, dit Lady L. Je n'ai jamais rien attrapé.

Le Poète-Lauréat parut soudain se transformer en statue. Il y avait d'autres statues autour du bassin, sur le parterre de fleurs : Diane et Apollon, Vénus et le dieu Pan, et la statue de Percy fut fort bien accueillie. Il restait là sur le gazon, la canne à la main, pétrifié, et ses yeux bleus avaient une expression d'horreur très belle à voir. On avait enfin l'impression qu'il ressentait quelque chose de violent. Lady L. le considéra du coin de l'œil : ce cher Percy avait toujours secrètement rêvé d'avoir sa statue, taillée dans le marbre par un membre de l'Académie royale, dressée au milieu de quelque square élégant, avec une couronne de lauriers sur la tête. Eh bien, ça y était à présent ou à peu de chose près... Peut-être l'expression ahurie et outrée de son visage n'était pas exactement celle avec laquelle il espérait affronter la postérité, mais on ne peut pas tout avoir.

— Pardon ? fit-il enfin.

— Rien, mon ami. Je disais que j'ai toujours joui d'une excellente santé.

— En tout cas, Diane, je ne vois vraiment pas le rapport entre cette malheureuse enfant dont vous éprouvez le besoin de m'entretenir et...

— Et moi, dit Lady L. Il n'y a plus aucun rapport, naturellement.

Le Poète-Lauréat la regarda avec une extrême méfiance, mais ne dit rien.

Annette emmenait ses visiteurs dans son logement, où M. Boudin continuait à parler des immortelles aspirations de l'âme humaine, faisant mine d'ignorer d'où venait l'argent qui le mettait à l'abri du besoin. Elle le toléra pendant quelque temps, mais lorsqu'il essaya de nouveau de mettre en pratique ses théories sur la nécessité d'abolir les liens familiaux, Annette le couvrit d'injures et le jeta dehors, avec interdiction de remettre les pieds à la maison. Là-dessus, M. Boudin, oubliant soudain ses attaques contre l'institution de la famille, prit le ciel à témoin de l'ingratitude de sa fille et de la cruauté avec laquelle son unique enfant traitait l'auteur de ses jours.

Quelques mois plus tard, on retrouva le corps de M. Boudin flottant dans la Seine, un couteau dans le dos. Apparemment, il était devenu indicateur et agent provocateur, dénonçant à la police ses amis anarchistes. Annette fut convoquée au poste, où on lui remit quelques objets personnels du défunt. Elle jeta un coup d'œil sur le visage de son père, encore figé dans une expression de noble indignation, puis se tourna vers les deux policiers qui attendaient : c'étaient ses vieux amis Liberté et Égalité. Elle tira de son sac trois pièces de vingt sous, leur en donna une à chacun, et jeta la dernière sur la table.

— Ça, c'est pour Fraternité, dit-elle, et elle sortit.

Le même soir — on était au mois de mai et il y avait dans l'air une tendresse et une légèreté qui lui donnaient envie de chanter — Annette vit venir vers elle, dans la rue où elle attendait, un jeune apache surnommé René-la-Valse, qui avait dans le quartier une réputation de sainteté : il ne semblait avoir d'autre but dans la vie que de faire plaisir et il y avait laissé sa santé. René-la-Valse était miné par la tuberculose, mais cela ne l'empêchait pas d'être un des meilleurs danseurs de java de la rue du Gire. Il pouvait danser pendant des heures, sa casquette sur l'oreille, une fleur entre les dents, puis il venait s'asseoir sur le trottoir, respirant avec un sifflement d'asthmatique, et murmurait tristement : « Le docteur dit que je ne devrais pas danser. Paraît que c'est mauvais pour ce que j'ai. » Mais lorsque l'accordéon élevait à nouveau sa voix, il bondissait, claquait les talons en l'air, se précipitait vers la guinguette et dansait jusqu'au petit matin, ou jusqu'à ce qu'une quinte de toux particulièrement tenace le figeât sur place au milieu d'une chaloupée.

Lorsqu'elle le voyait, Annette souriait toujours avec plaisir : c'était un oiseau. Il devait s'envoler à tout jamais à vingt-cinq ans et le son de l'accordéon ne fut jamais le même depuis. Ce soir-là, donc, René-la-Valse se précipita vers elle au comble de l'excitation, mais ce n'était pas un air de danse qui l'avait émoustillé.

— Viens, Annette. M'sieur Lecœur veut te voir.

Annette porta la main à sa poitrine et demeura un instant, les yeux fermés, avant de se jeter sur René-la-Valse et de l'embrasser sur les deux joues : elle avait toujours su qu'un jour la fortune allait lui sourire. Ce n'était pas encore le préfet de police, bien sûr, ni le pape, ni le gouvernement, mais l'homme qui la sommait de comparaître devant lui occupait une place importante dans la société de son temps.

Alphonse Lecœur était en effet alors à l'apogée de sa puissance. Celui que le commissaire Magnien devait honorer plus tard dans ses *Mémoires* du titre de « la plus belle canaille de Paris » avait commencé sa carrière comme souteneur à la Bastille, mais avait peu à peu étendu le champ de son activité — le commissaire Magnien estimait qu'il avait à un moment de sa carrière pratiquement monopolisé le commerce de la morphine à Paris, et que le nombre de femmes qui travaillaient pour lui vers 1885 pouvait être estimé à près de cinq cents. S'il avait su limiter ses ambitions et se contenter d'être le tsar de la pègre, il serait probablement mort riche et honoré. Il perdait des fortunes au jeu dans les cercles les plus élégants de Paris, donnait des réceptions somptueuses dans son hôtel particulier du Marais, entretenait une écurie de courses et plusieurs boxeurs parmi lesquels le célèbre Argoutin, qui avait mis knock-out Jack Silver en 1887 et dont il suivait les combats en compagnie de ses invités, lords anglais et jeunes lions de la société parisienne qui ne dédaignaient pas la compagnie d'une canaille dès lors qu'elle avait du style et savait dépenser son argent. La police le traitait avec la plus grande circonspection, car on le savait en mesure de faire chanter quelques-uns des plus grands noms de la Troisième République, laquelle faisait alors ses premières armes et commençait seulement à acquérir cette expérience de la corruption qui devait lui assurer une si belle durée. Magnien dit carrément que dans son ascension du ruisseau de la Bastille au Tout-Paris, Lecœur s'était débarrassé d'une douzaine au moins de ses rivaux, grâce à son adresse au couteau qu'il continuait à porter sous son veston anglais. Il était bâti en géant, avec des épaules presque aussi larges que celles du zouave du pont de l'Alma ; une tête massive, aux traits charnus, surmontait ce corps de colosse. Il avait les joues couleur de brique, les sourcils épais parallèles à une grosse moustache noire et cirée qui barrait son visage ; ses yeux étaient étrangement brillants, au regard fixe : les iris et les pupilles se confondaient dans la même lueur sombre. Vêtu avec excentricité de costumes de sport qui imitaient le dernier cri de la mode britannique, un complet à carreaux noirs et bruns, un gilet de brocart rouge foncé orné d'une chaîne en or, un diamant à la cravate, un rubis au doigt, on le voyait passer dans son coupé sur les boulevards, un chapeau melon marron sur l'oreille, les mains croisées sur une canne à pommeau d'or, un cigare aux lèvres, maussade, immobile, promenant parfois autour de lui son regard noyé d'obscurité. Il était toujours flanqué de son inséparable compagnon, un ancien jockey irlandais dont la taille paraissait encore plus réduite à côté de celle de Lecœur, connu jadis sous le nom de Sapper, mais que la pègre parisienne avait transformé en un sobriquet plus familier, bien que plus long, de Saperlipopette. Il avait un visage long, étroit et triste, aux yeux d'un bleu pâle, perpétuellement figé dans une étrange expression de reproche et de regret. Il tenait la tête toujours penchée d'un côté et ne pouvait la bouger sans remuer tout le haut de son corps. Il avait jadis été un des plus célèbres jockeys d'Angleterre, mais s'était rompu le cou à Paris dans le Grand Prix du Bois. Alphonse Lecœur l'avait adopté un jour, peut-être parce que sa folie des grandeurs de plus en plus marquée trouvait son compte dans la compagnie du minuscule jockey au cou tordu, qui soulignait encore par contraste la taille déjà imposante de l'apache.

Tels étaient les deux hommes qui toisaient à présent Annette sous un réverbère de la rue du Gire, l'observant en silence, l'un en tirant avec un air sombre sur son cigare, l'autre, la tête de travers, comme un oiseau triste et curieux, pendant que René-la-Valse attendait respectueusement dans l'ombre, la casquette à la main. Ce fut seulement plus tard qu'Annette apprit les raisons qui avaient poussé Alphonse Lecœur à s'intéresser à elle. Sa beauté extraordinaire et sa grâce naturelle avaient depuis longtemps été remarquées par les professionnels ; mais pour le projet auquel songeait Alphonse Lecœur, la beauté ne suffisait pas. Un esprit vif, la faculté d'apprendre vite et de tout retenir, de l'ambition et beaucoup de courage étaient indispensables. Car la carrière d'Alphonse Lecœur venait alors de prendre un tournant aussi étrange qu'inattendu. Il était dévoré par un besoin de puissance que sa réussite ne faisait qu'exaspérer et que rien ne parvenait à assouvir. Dix ans de règne sur la pègre, la crainte qu'il inspirait partout, les accointances qu'il avait dans la police et la flagornerie de tous ceux qui vivaient à ses crochets lui avaient tourné la tête : on lui avait fait comprendre qu'il dépassait de très loin le commun des mortels, qu'il était né pour accomplir de grandes choses, bref, qu'il était de la race des surhommes, mais qu'il n'avait pas su utiliser ses dons comme il convenait. Il n'était pas intelligent, il n'avait jamais lu un livre, et il écouta avec complaisance certaines voix qui fournissaient une excuse idéologique toute prête à sa carrière criminelle et lui démontraient qu'il était en réalité un idéaliste qui s'ignorait. Il se doutait bien qu'il était un grand homme, mais il n'avait jamais compris que toute sa carrière criminelle n'avait été qu'une longue et violente protestation contre l'ordre établi ; il ne savait pas qu'il était un anarchiste, un réformateur, et il passait des heures à écouter, le visage impassible, le cigare aux lèvres, la voix qui lui expliquait avec une extraordinaire force de persuasion quels étaient le sens et le but réels de sa vie ; une voix enivrante, un chant de haine et de puissance, de destruction et de rédemption ; s'il était devenu un hors-la-loi, lui disait-elle, c'était par haine de toute société organisée, de toute contrainte sociale ; s'il avait choisi les crimes, c'était pour rendre à la bourgeoisie qui opprimait les masses populaires la monnaie de sa pièce, parce que c'était la seule forme de révolte à sa portée.

Tous les témoignages de l'époque s'accordent en effet pour reconnaître ce pouvoir magnétique à la voix d'Armand Denis. Voici ce que le champion d'échecs Gurevitch, mêlé dans sa jeunesse au mouvement anarchiste, en dit dans ses *Souvenirs de l'échiquier :* « Elle était profonde, virile, et vous gagnait bien plus par une sorte de contagion physique que par la force persuasive de ses arguments. On avait envie d'être d'accord avec lui. Ajoutez à cela un physique exceptionnel, qui correspondait à l'idée que l'on se fait des maréchaux de Napoléon, une chevelure bouclée aux reflets fauves, des yeux sombres, violents, un front droit, un nez un peu plat de félin ; toute sa carrure dégageait une puissance animale et assurée, si bien que l'emprise qu'il exerçait sur ceux qui l'approchaient paraissait en quelque sorte un effet voulu par la nature : c'était un don dont le

50

xxe siècle devait connaître, hélas! bien d'autres exemples. J'ai entendu un jour Kropotkine dire à son sujet, après leur rencontre à Londres : " C'est un extrémiste de l'âme et je ne sais pas s'il met la passion au service de nos idées ou nos idées au service de la passion. " »

Armand Denis était fils d'un riche marchand de drap de Rouen. Il avait été un adolescent dévot et profondément mystique, par contraste peut-être avec le milieu familial où l'argent tenait toute la place, et avait choisi de faire ses études au collège des Jésuites à Lisieux, où il avait vivement impressionné ses maîtres par sa vocation chrétienne, une intelligence brillante et un étonnant don d'élocution. Il fut envoyé au Séminaire à Paris, et ce fut là que sa foi l'abandonna ou, plus exactement, prit une forme tout aussi extrême, mais opposée. Il devait écrire dans son *Age de la révolte* que ce furent les quartiers pauvres de Paris, le spectacle de la misère et de l'injustice dans l'indifférence totale de la bourgeoisie au pouvoir que les affres de la révolution industrielle ne faisaient que souligner, beaucoup plus que ses lectures, qui l'avaient fait brutalement changer de foi et lui avaient donné cette farouche détermination de ne pas attendre le Jugement dernier pour redresser les torts. Il s'était mis au service de l'humanité avec la même ferveur impitoyable que les inquisiteurs mettaient au service de Dieu. « C'était, dit Gurevitch, un de ces êtres épris d'absolu dont le besoin est en contradiction avec le phénomène même de la vie. Ils brûlent d'indignation contre les limitations morales, intellectuelles, historiques et même biologiques de la condition de l'homme. Leur rébellion ne peut aboutir qu'à un très beau chant, leur philosophie est en réalité une poétique et la phrase célèbre de Gorki sur " les clowns lyriques faisant leur numéro dans l'arène du cirque capitaliste " pourrait fort bien s'appliquer à eux. Leur extrémisme dialectique aboutit parfois à l'absurde et je peux citer à cet égard un incident assez typique. Armand Denis, je pus le constater moi-même, était un remarquable joueur d'échecs, mais il avait un jour condamné devant moi ce jeu parce que " gratuit ", et il était allé jusqu'à dire que le jeu d'échecs avait été sans doute inventé par les prêtres chaldéens pour détourner le pouvoir de réflexion et de raisonnement du peuple vers les jeux abstraits et l'empêcher ainsi de mordre sur la réalité et de s'exercer d'une manière dangereuse pour le pouvoir établi. »

Il avait rompu avec la foi catholique de cette façon dramatique et avec la violence qui devait caractériser toutes les péripéties de sa grande aventure anarchiste.

Un dimanche, alors que la foule des fidèles attendait le R.P. Ardel dont les sermons faisaient alors courir le Tout-Paris, un jeune homme au visage dont la beauté mâle avait quelque chose de sombre et de lumineux à la fois monta en chaire et demeura un instant penché en avant dans une immobilité de bête à l'affût, et l'assistance, immédiatement subjuguée par cette apparition, attendit dans le silence des grands moments de révélation quelque merveilleux jaillissement d'éloquence sacrée. On peut imaginer sa stupeur lorsque les mains s'ouvrirent soudain et que le jeune homme brandit en l'air un rat crevé qu'il tenait par la queue.

— Regardez, Dieu est mort! s'écria-t-il d'une voix dont la ferveur allait au-delà du blasphème et laissait pressentir une foi passionnée. Dieu est mort! Debout, hommes de bonne volonté, debout hors des ténèbres, en avant pour un destin de clarté terrestre, de fraternité et de raison!

Le revenu moyen des « hommes de bonne volonté » réunis là devait être de cinq mille francs-or par an : « Le blasphémateur, dit *Le Journal des Débats,* fut sérieusement malmené par la foule avant d'être appréhendé par la police. »

Armand Denis passa plusieurs mois à Sainte-Anne, car nul ne doutait que l'éclat qu'il avait provoqué ne pouvait être que le fait d'un esprit dérangé. Il mit à profit son séjour à l'asile pour élaborer une théorie que certains disciples de Freud devaient plus tard reprendre à leur compte : il expliquait la plupart des maladies mentales par les servitudes auxquelles était soumise la « personne humaine » et par le terrible contraste entre les aspirations naturelles de l'homme et les obstacles que la société dressait sur son chemin[1]. Kropotkine

1. Notamment dans un article de la *Revue anarchiste,* numéro du 20 mars 1882, sous le pseudonyme de Lucas Duval.

était allé plus loin encore dans ce sens : il prétendait, en basant ses travaux sur les conclusions de certains naturalistes de l'époque, que les animaux sauvages n'étaient pas agressifs de naissance et qu'il s'agissait là de tendances acquises sous l'effet de la faim et de la lutte pour la vie qui leur était imposée. On retrouve pour la première fois son nom dans les archives de la police en 1884, avec la mention assez comique, lorsqu'on pense à la série d'attentats qu'il était en train de perpétrer : « A surveiller. » Il vivait à cette époque dans les bas-fonds de Paris, en compagnie d'un certain Kœnigstein, plus connu, depuis, sous le nom de Ravachol, de Decamp et de Dardare, futurs organisateurs du dynamitage de l'immeuble où habitait le conseiller Benoît, président au premier procès intenté en France à des anarchistes, après la manifestation de Clichy, sept ans plus tard. Armand Denis voyait dans les criminels les victimes et les ennemis de la société et, par conséquent, ses alliés naturels. Les tendances criminelles lui apparaissaient comme le résultat de l'oppression et de l'exploitation sociale, selon une expression qui devait faire son chemin, les criminels étaient pour lui « les gauchers de l'idéalisme ». Très intelligent et capable de démagogie et de ruse qu'il justifiait par l'importance de l'enjeu, il est probable qu'il n'était pas entièrement dupe de son propos lorsqu'il expliquait dans les lupanars aux apaches ahuris qu'ils étaient des révoltés pour qui le crime n'était qu'une façon de protester contre l'ordre social basé sur l'injustice et l'exploitation. Ils se sentaient vaguement flattés, la voix d'Armand Denis exerçait sur eux une fascination qui les poussait à approuver sans comprendre un traître mot à ce qu'il disait ; les prostituées pleuraient à chaudes larmes lorsque ce jeune gaillard dont la belle gueule les laissait rêveuses les assurait qu'elles étaient ses compagnes de lutte et des victimes d'une société où, selon son expression, « l'argent garde toutes les issues, l'armée tue les siens, la religion bénit les tueurs et la police lave les cadavres ». Son éloquence avait une telle force de persuasion que les mauvais garçons quittaient l'estaminet décidés à se surpasser dans leurs forfaits ; ils se regardaient entre eux d'un air entendu, hochaient la tête, disaient : « Il a raison » et, pourtant, ils auraient été bien en peine de répéter ce qu'il leur avait dit. Le commissaire Magnien dit que la campagne d'Armand Denis dans les bas-fonds de Paris avait fait augmenter la criminalité dans la capitale d'une manière qui laissait la police perplexe : le jeune anarchiste avait vraiment ce don de *leadership* qui aurait fait de lui au XXe siècle une véritable figure de proue. Lady L. avait toujours pensé qu'Armand était né trop tôt.

Un homme surtout lui prêtait une oreille attentive et passait des heures à l'écouter et à le fixer rêveusement de son regard sombre. Cet homme était Alphonse Lecœur. Sa mégalomanie, qu'une certaine maladie bien connue exaspérait de plus en plus, trouvait son compte dans les propos du jeune anarchiste qui lui apportaient la justification et l'apologie qu'il recherchait. Chaque mot portait, chaque phrase allait au but ; en écoutant cette voix, l'apache, apparemment impassible, le cigare grisonnant aux lèvres, jouant avec sa chaîne de montre, se voyait déjà debout sur les tribunes pavoisées d'oriflammes noires devant des foules qui l'acclamaient. Oui, oui, il était un ennemi juré de la société, il était l'homme du destin choisi pour être adoré par des multitudes reconnaissantes ; s'il était devenu souteneur, assassin, maître chanteur et, pour finir, roi de la pègre, c'était uniquement pour pouvoir pourrir encore davantage les poutres déjà prêtes à craquer de l'ordre établi. Il détestait les riches qui opprimaient le peuple, ce peuple dont il était lui-même issu.

Le jockey était assis à ses côtés, avec son long visage triste sous la casquette à carreaux, la tête un peu de travers sur son cou cassé, regardant son compagnon de ses yeux bleus sous des sourcils de Pierrot.

La rencontre décisive entre Armand Denis et Lecœur eut lieu dans le cercle de jeu tenu par une certaine baronne de Chamisse, dans la nuit qui suivit l'attentat de la rue des Italiens contre la banque Julien : le caissier de l'établissement avait été grièvement blessé, mais avait pu donner le signalement précis des agresseurs, et la participation d'Armand Denis à l'affaire put être ainsi clairement établie. La Baronne, une créature furtive au visage tellement poudré qu'il paraissait de plâtre, un face-à-main d'écaille devant ses yeux de taupe, fit entrer

Armand dans un petit salon derrière la salle de jeu où il fut bientôt rejoint par Lecœur qui tenait encore une pile de napoléons à la main. Armand Denis savait que s'il ne parvenait pas à obtenir la protection totale de l'homme il n'allait pas tarder à être arrêté. Il lui était impossible de passer inaperçu. Ceux qui avaient vu une fois son visage ne l'oubliaient pas facilement et au cours de toute sa carrière sa beauté fut pour le jeune révolutionnaire une véritable infirmité. On avait d'ailleurs cherché à expliquer par quelque secrète tendance homosexuelle chez l'apache l'ascendant total qu'Armand Denis avait fini par exercer sur lui. Et il était certain que l'homme le plus redouté de Paris, qui payait la police et faisait chanter des membres du gouvernement, paraissait désarmé dès qu'il se trouvait en présence de l'auteur de *L'Age de la révolte,* et que sa vanité monstrueuse et son besoin de puissance, ni même sa stupidité, ne suffisaient à expliquer entièrement l'avidité avec laquelle il recherchait la compagnie de Denis, ni l'étrange fascination que ce dernier avait exercée sur lui. Il se tenait là, dans le salon aux tentures jaunes, jouant avec les louis d'or, fixant son tentateur d'un regard presque halluciné. Et peut-être, en effet, le regardait-il plus qu'il ne l'écoutait et qu'il était plus sensible à cette voix qu'à ce qu'elle disait.

« C'est le moment de te décider. Tu dois me dire maintenant si tu veux rester jusqu'à la fin de tes jours ce que tu es maintenant ou si tu veux aller infiniment plus loin, t'élever plus haut, révéler au monde ta vraie nature. Personne ne comprend qui tu es réellement : ta rébellion contre l'ordre établi n'est comprise de personne. Aux yeux de tous tu n'es qu'une canaille, une brute puante et dangereuse qu'il faut ménager, et voilà tout. Je veux te poser pour la dernière fois cette question : Veux-tu accéder à la vraie grandeur ? Veux-tu prendre ta place dans l'histoire de l'humanité parmi les plus illustres ? Veux-tu que ton nom vive éternellement ? Que des multitudes opprimées se tournent vers toi et acclament ton nom et que ce murmure s'élève enfin jusqu'à devenir chant triomphant dont l'écho dans un monde nouveau et libre ne se taira jamais ? »

Lecœur se tenait immobile dans le salon aux murs jaunes, les louis d'or à la main ; le sang avait afflué à son visage congestionné où une expression d'orgueil s'accentuait jusqu'à donner au regard l'éclat de quelque dévorante folie. « Pauvre Alphonse, pensa Lady L., il était né trop tôt, lui aussi. Il aurait dû vivre à l'époque des Schlageter, des Horst Wessel, des Rudolph Hess, des grandes marches bottées à travers l'Europe des chemises brunes et noires, des Hitler et des Mussolini. » C'était après tout le futur dictateur d'Italie qui avait traduit les *Paroles d'un révolté* de Kropotkine, au début de sa carrière, et qui avait proclamé que le livre du prince anarchiste avait été écrit « avec un grand amour pour l'humanité opprimée et une infinie bonté ».

Il y avait sans doute chez Alphonse Lecœur ce mélange d'homosexualité et d'amour pour

58

la force brutale qui a toujours donné au fascisme ses plus belles recrues. Mais peut-être aussi rêvait-il vraiment d'une manière obscure et confuse de donner une justification à ses crimes et un sens à son existence destructive. Il est en tout cas certain qu'il recherchait la compagnie d'Armand Denis et qu'il devenait sombre et irritable lorsqu'il avait passé quelques jours sans le voir. Cependant, ce soir-là, dans l'établissement de la baronne de Chamisse, il écouta le chant du tentateur sans rien dire, et lorsque celui-ci se tut finalement, Lecœur demeura encore un instant à le regarder, puis fit sonner les louis d'or dans sa main, lui tourna le dos et retourna dans la salle de jeu. Armand Denis avait gagné la partie, bien qu'il n'eût sans doute jamais compris la complexité des motifs qui avaient fini par lui donner une emprise si totale sur l'ancien apache. On put bientôt voir au cours des réunions « éducatives » dans un grenier de Paris la haute et large silhouette d'Alphonse Lecœur ; le cigare aux lèvres, un rubis au doigt, habillé à la dernière mode anglaise, flanqué du jockey au cou tordu, il écoutait un petit préparateur en pharmacie au visage doux qui lui expliquait comment fabriquer des bombes chez soi avec des produits courants que l'on pouvait acheter chez le droguiste du coin.

Les membres de cette première cellule anarchiste formaient un groupe étrange et disparate : un joueur d'orgue de Barbarie qui emmenait toujours son singe aux réunions ; M. Poupat, le fonctionnaire calligraphe du ministère des Affaires étrangères, qui avait passé sa vie à composer de sa belle écriture des passeports diplomatiques gravés ensuite sur du parchemin; Violette Salès, qui donnait des leçons de littérature dans un collège et écrivait des articles incendiaires dans *Le Père Peinard* sous le nom d'Adrien Durand; l'Espagnol Irrudin, que le livre de Christophe Salès devait plus tard rendre célèbre. Alphonse Lecœur les regardait distraitement, fixant Armand Denis de son regard où les pupilles et les iris se fondaient dans la même noirceur figée. Le jockey se tenait à ses côtés, la tête toujours penchée de côté, ce qui lui donnait l'apparence de quelqu'un qui observe les choses et les hommes d'un œil critique. Une fois, Alphonse Lecœur, décidé à faire ses premières armes d'orateur, désigna Sapper du doigt et s'exclama d'une voix rauque :

— Regardez celui-là ! Il s'est brisé le cou au service d'un milord anglais qui l'a aussitôt abandonné comme un chien crevé. On va le venger !

Le 25 mai 1885, une bombe fut lancée dans la tribune d'honneur du champ de courses du Bois, et trois propriétaires de chevaux et un entraîneur hongrois furent ramassés assez grièvement blessés, sous une avalanche de hauts-de-forme gris. Personne ne prêta attention au petit homme au visage triste que l'on vit sortir tranquillement d'une foule prise de panique pour ramasser un haut-de-forme et s'en aller avec son trophée. Quelques instants plus tard, dans le phaéton jaune canari qui les ramenait en ville, Alphonse Lecœur, assis à côté d'Armand en face du jockey qui tenait le beau chapeau sur ses genoux, retirait le cigare de ses lèvres et disait avec reproche à son petit compagnon :

— Tu aurais tout de même pu attendre une minute de plus : mon cheval était en train de gagner.

Personne ne soupçonnait encore à cette époque le propriétaire des meilleures maisons closes de Paris d'avoir des rapports étroits avec les milieux anarchistes et, pendant assez longtemps, celui-ci ne fut pas inquiété. La police croyait connaître son homme : elle savait que Lecœur faisait partie de l'ordre établi. Il était difficile de prêter des intentions subversives à un criminel au faîte de sa réussite et qui bénéficiait de puissants appuis au sommet de la pyramide sociale. On voyait mal quel intérêt il aurait pu avoir à se dresser contre une société dont il tirait un tel profit. Mais sa vanité et sa folie des grandeurs le poussaient de plus en plus à se mettre en avant. S'il ne se targuait pas encore ouvertement de ses activités, ses allusions à peine voilées, les propos politiques incohérents dans lesquels il se lançait en public et derrière lesquels il n'était pas difficile de distinguer l'influence d'une intelligence plus grande que la sienne, eurent vite fait d'attirer l'attention. Ses amis en haut lieu lui prodiguaient des mises en garde ; des sénateurs, des ministres qu'il aidait à satisfaire leurs vices et les policiers qu'il payait ne cessèrent de l'avertir, mais il était trop sûr de l'emprise qu'il avait sur eux, et il repoussait leurs conseils d'un haussement de ses puissantes épaules. Il commençait à citer des noms, à dénoncer les « pourris ». Il fut bientôt impossible à ses protecteurs de continuer à le couvrir. Armand Denis voyait bien le danger et il essayait en vain de calmer son étrange disciple, dont l'aide ne lui était vraiment utile que tant qu'il demeurait au-dessus de tout soupçon. Il s'était à cette époque brouillé avec l'Internationale anarchiste et particulièrement avec le mouvement français, qui avait déjà refusé de le désigner comme membre de sa délégation au congrès de Londres en 1881. Il venait de publier une violente diatribe contre le Russe Kropotkine, alors très écouté ; le prince anarchiste avait en effet rejeté sa doctrine sur la « chimie éducative », selon laquelle il convenait pour le moment d'aller au plus urgent et d'accorder plus d'importance à l'enseignement « technique », c'est-à-dire à l'art de fabriquer des bombes, qu'à l'étude de la doctrine anarchiste proprement dite. Kropotkine s'était également opposé au recrutement des écoliers pour lancer les « pétards » et avait dénoncé comme « pathologique » l'idée d'attentats aveugles dans les rues, visant à créer dans la population un état d'affolement et à lui donner l'impression que les « amis du peuple » étaient plus nombreux et plus puissants qu'ils ne l'étaient réellement. Armand Denis avait à son tour accusé Kropotkine de « sensiblerie bourgeoise ». « Des bombes et encore des bombes », proclamait-il : il fallait que l'impuis-

sance du gouvernement à empêcher les attentats apparût clairement à l'opinion. La seule
partie de l'enseignement de Kropotkine qu'il
avait acceptée sans réserve était sa fameuse
réfutation de la théorie de Darwin sur la survie
des plus aptes. Le Russe se flattait d'avoir
établi que les différentes espèces d'animaux,
avant d'être pourchassées par l'homme, ne
luttaient nullement entre elles, mais vivaient
au contraire en paix et s'entraidaient même en
cas de besoin. Cette curieuse résurrection du
mythe du paradis perdu sous la plume du
doctrinaire anarchiste avait toujours paru tou-
chante à Lady L. La joie du prince Kropotkine
lorsque, après des mois de recherches au
British Museum, il crut pouvoir enfin annoncer au monde sa théorie de « la fraternité
naturelle », n'avait d'égal que l'amusement
que Lady L. éprouvait aujourd'hui encore à sa
lecture. Ce bon Kropotkine était très fleur
bleue.

La bombe jetée au Café Tortoni avait fait
plus de bruit que de dégâts, mais celle qui
explosa au passage des gardes républicains à
quelques pas de l'Élysée avait fait cinq victimes et mis tout Paris en émoi. La police fit
des rafles dans les bas-fonds de la ville et le
milieu se sentit menacé. La situation de
Lecœur, bien qu'il refusât de l'admettre,
devint précaire. Tant qu'il était demeuré un
criminel de droit commun, la police pouvait
fermer les yeux et le tolérer puisqu'il faisait
partie de l'ordre existant, mais à présent qu'un
dogme politique subversif commençait à inspi-

rer ses actions, il devenait un ennemi public. Au cours d'une conférence embarrassée au ministère de l'Intérieur, où rien n'était dit mais où tout le monde se comprenait, l'arrestation de Lecœur fut enfin envisagée. Un de ses plus puissants protecteurs, qui fut immédiatement mis au courant, adressa à son maître chanteur un suprême avertissement, l'invitant à quitter immédiatement le pays. Même alors Alphonse Lecœur continua à fréquenter les cafés à la mode, accompagné du jockey, et à s'exhiber dans sa voiture jaune au Bois. Ce fut Armand Denis qui finit par le convaincre de partir pour la Suisse.

Le fondateur du *Père Peinard* venait de rompre avec Kropotkine, dont il ne pouvait plus supporter les atermoiements, les hésitations et les sensibleries. Il était décidé à créer un mouvement indépendant, entièrement tourné vers l'action, dirigé de l'étranger, d'où des groupes volants seraient lancés dans toutes les directions. Mais ces plans ambitieux exigeaient des sommes pratiquement illimitées. Une série d'attaques contre des établissements bancaires et des cambriolages devaient fournir aux tenants de la « révolution permanente » les moyens de s'organiser et de démarrer. On allait donc passer en Suisse, mener à bien la « collecte » de fonds et se réfugier ensuite en Italie où les frères Marotti avaient déjà mis sur pied un réseau opérationnel dont la plus illustre victime devait bientôt être le roi Umberto. La Suisse, à cette époque, était devenue le havre des anarchistes venus de tous les coins d'Europe. Jusqu'à l'assassinat de la reine Élisabeth d'Autriche en 1902, ils y jouissaient d'une liberté complète, discutaient dans les cafés, publiaient, et crevaient de faim : le collaborateur de Viazevski, Stoïkoff, note dans ses *Compagnons de route* qu'il avait absorbé en un mois pour toute nourriture trente harengs saurs, cinq kilos de pain et cent cinquante cafés, cependant, dit-il, « que les riches se prélassaient autour de moi dans leur oisiveté, et que des fortunes colossales pourrissaient dans les coffres-forts des bourgeois au bord des lacs placides et bleus ». Armand trouvait cette attitude typique de Kropotkine et de ses amis : laisser les « fortunes colossales » dormir en paix alors qu'on est condamné aux harengs saurs et à l'inactivité par manque de fonds lui paraissait le comble de l'incapacité et de l'ineptie. Les trésors accumulés dans les villas au bord du lac Léman, les banques dont les gardiens étaient assoupis dans le confort d'une sécurité que personne n'était jamais venu troubler lui semblaient un terrain d'action idéal. Mais pour mener à bien un tel plan, il lui fallait sur place, au sein même de ce petit monde brillant et fermé, des complicités et des intelligences dont il ne disposait guère. Il lui fallait quelqu'un qui pourrait s'introduire au sein de cet *Almanach de Gotha* vivant qui se prélassait dans la contemplation des neiges éternelles et lui fournirait des renseignements précis et sûrs, les itinéraires, les horaires, les habitudes des tyrans russes, autrichiens, allemands qui se sentaient en sécurité en Suisse simplement parce que, loin de leur peuple, ils se sentaient loin de tout danger. Il lui fallait donc un complice bien placé, au-dessus de tout soupçon, un instrument sûr, docile et facile à manier. Il avait aussitôt décidé que la meilleure carte dans ce jeu délicat serait une femme : très jeune, très belle, capable de tourner les têtes, capable à la fois d'éveiller l'intérêt des blasés et de le faire durer au-delà de l'assouvissement, ce qui supposait à la fois une professionnelle habituée à satisfaire toutes les exigences et une véritable « nature » capable d'apporter à ces jeux une tête froide et une volonté bien trempée. Il ne suffit pas de dire d'Armand Denis qu'il n'hésitait pas dans le choix des moyens. Selon la remarque de Durbach : « L'extrémiste s'exalte dans le recours à des moyens ignobles, il y trouve en quelque sorte la preuve du bien-fondé de ses convictions ; on ne verse pas le sang uniquement parce que la cause l'exige, on le verse aussi pour *prouver* la grandeur de la cause ; il voit dans la cruauté et dans l'abjection des moyens auxquels il n'hésite pas à avoir recours, la preuve par le sang de l'importance et du caractère sacré du but poursuivi[1]. » Ce fut donc dans ces circonstances qu'Annette fut d'abord convoquée devant Alphonse Lecœur et ensuite emmenée, sans un mot d'explication, dans une maison de tolérance des Halles, rue de Furcy, où son existence prit un tournant décisif et merveilleux.

1. Durbach : *La Preuve par le sang,* Fribourg, 1937.

— J'ai eu vraiment beaucoup de chance, dit Lady L. Sans les anarchistes, j'aurais probablement très mal fini. Je leur dois tout.

Elle se tourna vers le Poète-Lauréat qui venait d'émettre une sorte de râle étouffé. Il avait placé le monocle devant son œil droit et regardait Lady L. avec une expression d'horreur incrédule et d'indignation.

— Allons, allons, mon bon ami, dit-elle. Ne vous mettez donc pas dans cet état. Vous ressemblez exactement à Bon-Bon, mon pékinois blanc, lorsque le pauvre chéri a fait sa crise cardiaque. Voyons, Percy, c'était il y a si longtemps... soixante-trois ans! Le temps arrange tout, vous savez. D'ailleurs, tout cela s'est passé à l'étranger et ne devrait donc avoir à vos yeux si anglais strictement aucune importance.

Pour la première fois dans sa longue et honorable carrière de discrétion et de retenue, Sir Percy Rodiner se permit d'exploser.

— Enfer et malédiction! rugit-il. Enfer et malédiction, voilà ce que je tiens à vous dire! Je ne crois pas un traître mot de votre histoire! Je... vous...

— Voilà qui est mieux, dit Lady L. Vous devriez vous mettre en colère plus souvent, Percy. Au moins, on vous remarque. On dirait parfois que vous avez fait de l'effacement l'œuvre de votre vie. Une œuvre entièrement réussie, d'ailleurs.

— Bon Dieu, Diane, vous allez vraiment trop loin! Vous avez toujours aimé scandaliser les gens. Arnold Bennett avait raison lorsqu'il disait que, comme tous les vrais aristocrates, vous avez un tempérament terroriste, vous avez ce genre d'humour qui fait parfois l'effet d'une bombe...

Il s'interrompit soudain et la regarda bouche bée : les implications, très intéressantes aux yeux de Lady L., de ce qu'il venait de dire, faisaient manifestement leur chemin dans son esprit.

— Continuez, continuez, dit-elle douce-ment. C'est très, très curieux, ce que vous venez d'insinuer...

Sir Percy avala spasmodiquement quelque chose : peut-être ses pensées.

— Mais cette fois, Diane, vous allez vrai-ment trop loin. Et le jour de votre anniversaire, encore, alors que Sa Majesté vous a envoyé un si touchant télégramme de félicitations ! Vous portez un des plus grands noms de ce pays, votre vie est un livre ouvert où le monde entier peut lire une admirable histoire de grâce, de beauté et de dignité, et voilà soudain que vous suggérez... vous prétendez... vous laissez entendre...

Le visage de Sir Percy Rodiner exprimait à présent une telle indignation consternée que Lady L. retrouva instinctivement la phrase qu'elle avait prononcée pour le réconforter dans des circonstances analogues, lorsque les Japonais avaient coulé ces autres gloires de l'Empire, le *Prince of Wales* et le *Repulse,* au large de Singapour.

— Calmez-vous, mon ami. Il y aura tou-jours une Angleterre.

— Je vous demanderai de tenir l'Angleterre en dehors de tout cela, rugit le Poète-Lauréat. Je vous préviens qu'il est tout à fait inutile d'essayer de me faire croire ce genre de choses de vous, Diane. Bien sûr, c'est un des privilèges de votre rang que de choquer. Mais il suffit de prendre le *Burke's Peerage...* de regarder les portraits de vos ancêtres... Vous êtes née Diane de Boisérignier, vous avez épousé en premières noces le comte de Camoëns, un de vos ancêtres était à la bataille de Crécy...

— Nous nous sommes donné beaucoup de mal avec tous ces faux, dit Lady L. M. Poupat, le fonctionnaire calligraphe, avait fait de l'excellent travail. Les documents concernant Crécy ont l'air particulièrement convaincants. Il avait fallu employer toutes sortes d'acides pour les décider à vieillir. Armand ne faisait jamais les choses à moitié, vous savez. Tous les idéalistes dévorés par leurs chimères ont un goût presque désespéré pour les détails pratiques. Cela leur donne la satisfaction de pouvoir mordre sur le réel. Quant aux portraits de famille, je vous en toucherai un mot dans un instant. Ce fut très amusant. D'ailleurs, dès que nous serons dans le pavillon, vous pourrez constater de vos propres yeux que je n'invente rien. Venez. Je crois qu'un verre de cognac vous fera le plus grand bien.

Le Poète-Lauréat prit son mouchoir et s'épongea le front.

Le soleil de l'après-midi finissant pesait sur les branches de châtaigniers comme un fruit mûr et la lumière entourait Lady L. de son sourire indulgent. L'air sentait le lilas : les derniers lilas de l'été et peut-être de sa vie. Mais il ne fallait pas se croire mortelle : c'était trop triste. Des rires et des cris joyeux venaient de la pelouse, où les enfants avaient commencé une partie de croquet.

CHAPITRE IV

L'établissement de la rue de Furcy était une maison de bas étage où la passe coûtait un franc, plus dix sous pour le savon et la serviette. Trois filles faisaient face à la demande — la clientèle était composée en général de « forts » des Halles, mais les membres de l'élite sociale venaient volontiers y chercher quelques moments d'abjection très délassants. Une des filles portait un pantalon de dentelle noire qui lui descendait jusqu'aux genoux, un corset noir également et qui laissait voir ses seins puissants ; les deux autres victimes de la société étaient vêtues d'organdi vert, orange et jaune, mais pas entièrement : tout cela s'arrêtait au nombril, ce qui ajoutait à l'ensemble une assez curieuse nuance de noir et de bleu. Le visage blanc de mauvaise poudre dont les grains soulignaient chaque rugosité de la peau, elles fixaient d'un air stupide un monsieur en habit qui était assis au piano. A côté du musicien, un pistolet à la main et également en habit de soirée, se tenait un homme qui jeta à Annette un regard distrait et

71

se tourna à nouveau vers le pianiste avec un sourire amusé.

C'est ainsi qu'Annette arriva sur les lieux juste à temps pour assister à un de ces curieux exploits dont Armand Denis était coutumier et qui avaient tant fait pour enflammer les imaginations et lui attirer la sympathie d'une jeunesse qui ne savait ni comment changer le monde ni comment échapper à l'ennui d'une bourgeoisie dont la graisse, l'indifférence et le contentement bovins commençaient déjà à sentir l'abattoir. Car le virtuose en habit assis au piano n'était autre que le plus grand pianiste de son temps, Anton Krajewski.

Les journaux le lendemain étaient pleins de récits indignés de l'enlèvement. Le virtuose avait donné dans la soirée un récital devant le Tout-Paris enthousiasmé et qui avait payé une fortune le privilège d'y assister. Alors qu'il quittait les lieux par une porte dérobée pour échapper à l'enthousiasme de ses admirateurs, le pianiste fut abordé dans la rue par un homme en tenue de soirée qui, après l'avoir salué courtoisement, appuya contre sa poitrine le pistolet qu'il dissimulait sous sa cape de soie, l'entraîna dans une voiture qui l'attendait et l'emmena dans un des lupanars les plus sordides de Paris, où il fut sommé de jouer pour les prostituées ébahies. Au moment où Annette arriva sur les lieux, Krajewski jouait déjà depuis plus d'une heure. Il devait par la suite raconter dans ses mémoires [1] comment il avait

1. Anton Krajewski : *Ma vie dans l'art,* Londres, 1892.

vraiment dû donner ce soir-là le meilleur de lui-même, car le jeune anarchiste était un connaisseur et chaque fois que le virtuose se laissait un peu aller, Armand Denis le réprimandait sévèrement.

— Allons, allons, maître! Nous pouvons faire mieux que cela. Je sais, bien sûr, que vous n'aimez vous donner réellement que devant ceux qui vous payent très cher votre prostitution, mais si les dames ici présentes ne constituent peut-être pas une élite au sens où vous l'entendez, elles valent tout de même infiniment mieux que la pourriture qui emplit habituellement vos salles. Je vous invite donc à leur donner le meilleur de vous-même, à titre de simple dédommagement.

Il braqua son revolver sur le pianiste.

— Jouez, maître, jouez! C'est bien la première fois dans votre carrière que vous avez enfin un public propre. Vous avez passé votre existence à vous offrir aux profiteurs et aux bourreaux, offrez-vous donc une fois aux victimes et aux exploités. Allons, mieux que ça!

Anton Krajewski affirme dans son ouvrage que son indignation s'était dissipée entièrement en écoutant cette voix prenante qui tentait de cacher ses accents profonds et graves sous l'ironie, mais où l'on sentait un besoin presque violent, intraitable, de justice sociale absolue. Il y avait dans son visage, dans sa voix, dans son immobilité tendue, suspendue, mais surtout dans ce masque un peu animal sous une chevelure aux reflets fauves, avec des yeux qui vous défiaient et vous appelaient à la fois, quelque chose d'unique, d'indéfinissable qui vous donnait envie de vous justifier, de vous excuser d'être seulement un homme.

« Je comprends parfaitement les dévouements qu'il avait inspirés et qui allaient sans doute beaucoup plus à lui-même qu'à ses idées. C'était un homme fait pour être aimé des foules et qui, en d'autres temps, les eût sans doute menées à la conquête du monde, comme un Alexandre le Grand dont il avait un peu le profil, à en juger par les médailles qui nous sont parvenues. En tout cas, cet homme étrange qui me tenait sous la menace de son pistolet, ces filles aux chairs étalées comme de la viande de boucherie, tout ce lieu sinistre qui baignait dans une odeur d'absinthe et de sciure de bois étaient un spectacle qui est resté à jamais gravé dans ma mémoire. Un peu avant la fin de mon " concert ", nous fûmes rejoints par deux complices d'Armand Denis, dont l'un était le célèbre Sapper, un ancien jockey lanceur de bombes, et l'autre un des grands patrons de la pègre de l'époque, Alphonse Lecœur, qui devait mourir fou dans un asile, et dont les liens avec les anarchistes étaient pour le moins inattendus. Inutile de dire que ce fut seulement lors de ma déposition devant la police que je fus renseigné sur la personnalité de mes ravisseurs. La police croyait d'ailleurs qu'Alphonse Lecœur s'était trouvé dans ce lieu de débauche par hasard et qu'il n'avait joué aucun rôle dans l'aventure qui m'arrivait. Il y avait aussi avec eux une jeune fille très blonde, d'une extraordinaire beauté, qui ne devait pas avoir plus de seize ou dix-sept ans. Je fus très frappé par sa beauté, peut-être parce qu'elle formait un tel contraste avec ce lieu horrible et les malheureuses qui s'y trouvaient. Je n'ai jamais pu savoir qui elle était, d'où elle venait et ce qu'elle faisait là. La police ignorait tout d'elle et les descriptions enthousiastes que je faisais de cette charmante apparition ne rencontraient que des sourires amusés. » Krajewski était alors sur la fin de sa carrière, mais jamais, de son propre aveu, il n'avait mis autant de lui-même dans son jeu que ce soir-là. « Je rendais ainsi hommage à l'idéal qui brûlait dans l'âme de cet homme », écrit le Polonais qui ajoute avec ce goût des fioritures dont Lady L. retrouvait parfois aussi dans ses interprétations musicales la trace regrettable : « un idéal qui menaçait de réduire le monde entier en cendres par ses débordements ».

Les exploits de ce genre furent nombreux dans la carrière d'Armand Denis. Peut-être, en effet, fallait-il y voir la marque de ce « romantisme bourgeois » que lui reprochait Kropotkine, mais il semblait à Lady L. que ce goût du frappant, du dramatique, témoignait en réalité d'un sens de la propagande nouveau pour l'époque, mais dont le xxe siècle devait découvrir le secret. La « possession des foules », dont l'époque qui venait devait faire son but unique dans tous les domaines, ne pouvait s'effectuer par la seule puissance des idées, et le sens du drame, de la mise en scène et une démagogie parée de tous les attraits du cœur, de l'imagination et de la pensée furent les armes indispensables des grandes entreprises de séduction qui se préparaient. La France fut toujours précoce et le drame d'Armand Denis fut d'avoir été un pionnier prématuré.

L'aventure du chef d'orchestre italien Serafini montre bien qu'il ne s'agissait pas dans l'esprit du jeune idéaliste de quelque improvisation irréfléchie, mais d'un plan de campagne bien arrêté. Le vénérable Italien fut enlevé sur le chemin de l'Opéra où le public l'attendit en vain pendant toute la soirée et emmené par Armand et Félicien Lechamp dans un asile au bord du canal Saint-Martin où un assortiment de miséreux et d'ivrognes ronflaient, s'épouillaient et braillaient sur leurs grabats. Là, le maestro fut prié de diriger un orchestre imaginaire et, deux heures durant, en habit de soirée et baguette à la main, le signor se transforma en une marionnette gesticulante devant un auditoire cauchemardesque, qui applaudissait et paraissait goûter fort cette pantomime, laissant à peine le temps au malheureux de souffler et d'essuyer la sueur qui coulait sur son visage terrorisé. Il y avait d'ailleurs chez Armand Denis une haine idéologique profonde pour la musique, la poésie et l'art en général, d'abord parce que celui-ci ne s'adressait qu'aux élites et ensuite, parce que toute recherche du beau lui paraissait une insulte au peuple, tant qu'elle ne s'intégrait pas dans un effort général pour changer sa condition.

Alphonse Lecœur dit quelques mots à Armand Denis et celui-ci fit signe à Annette de le suivre. Il l'avait à peine regardée. Quant à

Annette, Lady L., en évoquant la scène, retrouvait encore dans les battements de son cœur et dans sa gorge soudain nouée l'impétuosité et la profondeur de l'émotion qui s'était emparée d'elle. C'était la première manifestation d'un trait de caractère tyrannique et impérieux dont elle ne connaissait que trop, aujourd'hui, les égarements. La beauté, celle du monde, des êtres et des choses, éveillait toujours en elle une sorte de désarroi où un sens mortel et indigné de l'éphémère, le besoin de faire durer, de perpétuer, se transformaient en une volonté de possession passionnée, à la fois intraitable et désespérée. Elle n'avait jamais pu regarder Armand sans se sentir indignée à l'idée que dans un instant il allait se détourner d'elle, qu'il allait partir, la quitter, que le bonheur violent, absolu, qu'elle éprouvait lorsqu'elle le sentait en elle ne pouvait pas durer, qu'il était essentiellement éphémère et périssable, et que ces instants fugitifs étaient cependant tout ce qu'elle pouvait jamais connaître de l'éternité. Son besoin de possession venait de s'éveiller en elle d'une manière qui lui faisait accepter d'avance toutes les soumissions.

— Je crois que j'étais encore une vraie petite bourgeoise, dit Lady L.

Ils montèrent l'étroit escalier en spirale jusqu'à une chambre du troisième étage où il lui parla pour la première fois, mais déjà elle n'écoutait pas un mot de ce qu'il lui disait, déjà sa voix et sa présence lui suffisaient. Et cependant, aujourd'hui encore, elle était sûre de pouvoir reconstituer avec une tendre ironie tout ce qu'il lui avait sans doute dit alors, cependant que les accords de Liszt leur parvenaient d'en bas; elle avait appris à si bien le connaître qu'elle ne pouvait se tromper, au point qu'elle se sentait parfaitement capable d'ajouter un nouveau chapitre, le chapitre final, à son *Traité d'anarchie.*

— L'art est prématuré. La notion du « beau », lorsqu'elle est coupée de la réalité sociale, est essentiellement réactionnaire : au lieu de panser les plaies, on les camoufle. Il suffit d'un tour dans nos musées pour voir jusqu'où l'artiste peut s'élever dans le mensonge et la complicité : ces merveilleuses natures mortes, ces beaux fruits, huîtres, viandes de choix, gibier, sont une insulte à tous ceux qui crèvent de faim à deux cents mètres du Louvre. Il n'existe pas un opéra où le peuple puisse trouver l'écho de sa misère, de ses aspirations. Nos poètes parlent de l'âme; le pain ne les inspire pas. L'Église est menacée, alors, tout doucement, on prépare les musées pour assurer la relève de ces fumeries d'opium...

Ce fut un de ses refrains favoris durant tout le temps qu'ils vécurent ensemble, et aussi une des raisons qui poussèrent Lady L. à collectionner les œuvres d'art avec tant d'amour : il s'agissait d'ailleurs moins de défi que de tendre ironie. Encore un Raphaël, encore un Rubens, un Velasquez, un Greco : dans les affaires de cœur, il n'y a pas de petits bénéfices, et il fallait bien le punir un peu. Elle en vint même à considérer Armand comme un artiste fourvoyé

78

qui demandait à la réalité sociale ce que l'art seul pouvait lui offrir : la perfection. Il voulait détruire l'ordre établi parce qu'il lui inspirait la même horreur que la peinture officielle inspirait à ceux qui rêvaient d'un art libre et nouveau. Les anarchistes furent sans doute la période fauve de l'idéalisme. Et de déception en déception, d'échec en échec, certains d'entre eux devaient en arriver tout naturellement au fascisme pour tenter de posséder enfin complètement le matériau humain qui leur résistait, ou par manque de talent. Mais dans la petite chambre où elle se tenait alors, rien n'existait encore que cette présence violente qui semblait déferler sur elle et ce regard d'hypnotiseur.

— Avec ce physique, avec son intelligence, dit Lady L., il aurait fait au XVIIIe siècle un merveilleux charlatan et serait allé plus loin que Cagliostro, Casanova, Saint-Germain... Malheureusement, on n'était plus au siècle de la raison : c'était un idéaliste. Je ne pouvais pas plus mal tomber.

Sir Percy était assis à côté d'elle sur un banc de marbre au bout de l'allée, à quelques pas du sentier qui menait au pavillon... Il tenait les mains croisées sur le pommeau de sa canne et regardait sombrement ses pieds. Il n'avait rien éprouvé de pareil depuis que Mountbatten, le dernier Vice-Roi, avait quitté les Indes. Il n'était même plus outré : il était glacé par l'indignation. Et les rires joyeux sur le gazon ne faisaient que souligner l'horreur du récit que leur arrière-grand-mère l'obligeait à écouter.

— Et alors ? demanda-t-il d'un ton rogue. Que s'est-il passé alors ?

Lady L. réprima un sourire. Ce pauvre Percy, voilà une question qui était bien de lui. Mais il fallait tout de même le ménager un peu.

— Eh bien, nous passâmes la nuit à bavarder, dit-elle avec bonté.

Sir Percy poussa un soupir de soulagement et, pour la première fois, fit un petit geste de la tête qui pouvait presque passer pour un signe d'approbation.

Il fallut très peu de temps à Annette pour comprendre à quel genre d'homme elle avait affaire : dès qu'il se mit à parler de liberté et d'égalité, mêlant dans le même souffle la justice et le meurtre, l'amour universel et la destruction, la dignité humaine et les bombes jetées au hasard dans la foule des promeneurs, elle reconnut l'air et la chanson : elle avait déjà entendu tout cela. Seulement, ce n'était pas la même voix et la différence était vraiment extraordinaire. Toutes les théories qui l'excédaient tellement lorsqu'elles étaient énoncées par son père lui paraissaient nobles et belles lorsqu'elles étaient portées par cette voix chaleureuse et avec cette présence virile et assurée. Elle comprit immédiatement ce que le révolutionnaire voyait en elle et mit toute son habileté féminine et son intelligence intuitive à

80

paraître à ses yeux telle qu'il l'imaginait, telle qu'il la voulait : une victime de la société pourrie, une âme humiliée et indignée qui ne demandait qu'à se joindre à la révolte, partager ses luttes et celles de ses compagnons. Il était ce qu'elle avait vu de plus beau, de plus désirable dans la vie : il n'était pas question de laisser échapper une aubaine pareille. Elle expliqua à Armand que son père avait donné sa vie pour ses opinions anarchistes. Oui, oui, et elle n'avait que douze ans quand elle avait commencé à l'aider, transportant des pamphlets incendiaires dans son panier de blanchisseuse. Elle mentait avec une telle conviction, elle s'installa si facilement dans son rôle qu'elle finit presque par y croire elle-même, et le jour où, quelques semaines après leur rencontre, elle emmena Armand sur la tombe de M. Boudin, elle pleura sincèrement et eut l'impression d'avoir vraiment perdu son père, après tout.

Il était six heures du matin lorsqu'ils redescendirent enfin dans la salle ; ils trouvèrent Krajewski endormi sur le clavier et le jockey assis sur le canapé de peluche verte, les yeux fermés, les bras croisés, la tête de travers, le pistolet sur les genoux... Lecœur dormait dans un fauteuil. Les filles avaient disparu. Armand réveilla le pianiste et le raccompagna courtoisement à son hôtel. Avant de quitter les lieux, le virtuose regarda Annette avec émerveillement et la salua.

— Je n'aurai plus jamais le plaisir de jouer devant la Grâce et la Beauté incarnées, lui dit-il, et il devait le répéter, avec quelque complaisance, dans le récit qu'il fit de son aventure dans ses mémoires.

Krajewski se trompait.

Quelques années plus tard, après un récital qu'il avait donné à Glendale House au cours d'une réception en l'honneur du prince de Galles, le virtuose se trouva assis à la gauche de son hôtesse. Il ne la reconnut pas, ce qui ne fut pas sans agacer quelque peu Lady L.

Armand Denis ne perdit guère de temps à expliquer à sa nouvelle recrue ce que le Mouvement de Libération attendait d'elle : elle allait leur servir d'appât et d'indicatrice. Il leur fallait une complicité et une aide que seule une fille belle, intelligente et dévouée à l'idéal qui les animait pouvait leur donner. Le Comité d'Action ne subsistait que grâce à l'appui financier d'Alphonse Lecœur, soit des revenus que celui-ci tenait des maisons closes qu'il contrôlait et de son cercle de jeu du faubourg Saint-Germain. Il était en train de liquider au mieux et le plus vite possible ses intérêts, car ses protecteurs l'incitaient à quitter le pays. Le Mouvement de Libération allait sans doute être forcé d'établir ses quartiers en Suisse, ce qui allait d'ailleurs faciliter la reprise en main des différentes tendances idéologiques qui se heurtaient au sein de l'Internationale et en particulier la mise au pas des déviationnistes russes, particulièrement délicate en raison de la personnalité timorée de Kropotkine et de l'emprise intellectuelle qu'il exerçait sur les émigrés. L'intention d'Armand était de « prouver le mouvement en marchant », c'est-à-dire de montrer aux « discutailleurs » et aux « byzantins » qu'il était le seul à agir vraiment et à obtenir des résultats positifs. Annette allait jouer à Genève le rôle d'une jeune veuve inconsolée, s'introduire dans le milieu de riches oisifs qui se prélassaient au bord du Léman et obtenir les renseignements indispensables à l'exécution de divers attentats qu'ils projetaient, et notamment l'assassinat de Michel de Bulgarie, particulièrement détesté en ce moment par les anarchistes slaves, mais dont Kropotkine refusait de s'occuper, le tenant pour quantité négligeable. L'attentat lui-même allait être mené à bien par un camarade bulgare, mais celui-ci n'était qu'un simple exécutant et c'était au Comité d'Action qu'incombait la responsabilité des préparatifs.

Lady L. haussa légèrement les sourcils et se retourna : Sir Percy Rodiner venait de s'arrêter derrière elle dans l'allée et le gros mot qu'il venait de lâcher n'eût pas déshonoré un sapeur-pompier.

— Eh bien, mon ami, vous faites des progrès, dit-elle avec satisfaction.

— *Balls, balls, balls!* hurla par trois fois le Poète-Lauréat. Vous voulez vraiment me faire croire, Diane, que vous avez été mêlée à l'assassinat de Michel de Bulgarie, lequel, ainsi que vous le savez fort bien, était un cousin de nos Marymount? Vous n'allez tout de même pas prétendre que vous avez eu quelque chose à faire avec un régicide ?

— Comment, quelque chose à faire ? fit Lady L. *Tout* à faire, mon bon ami. Tout. Et je vous assure que je fus la plus heureuse des femmes.

Elle eut un peu honte de l'affoler ainsi. Pauvre Angleterre, on lui avait déjà tout pris, c'était vraiment un peu cruel de vouloir détruire ainsi l'image de la seule grande dame qui lui restait. C'était plus que du terrorisme, cette fois : c'était du vandalisme. Mais il fallait bien préparer peu à peu Percy à la terrible révélation qu'elle allait lui faire.

— Vous savez parfaitement, Diane, que le prince Michel a bel et bien été assassiné par un étudiant bulgare à Genève.

Lady L. acquiesça d'un geste bref.

— Oui, ça s'est bien passé. Nous avons préparé cela très soigneusement.

— Qui cela « nous » ? aboya Sir Percy Rodiner.

— Armand, Alphonse, le jockey et moi. Qui voulez-vous que ce soit ? Et je vous prierai vraiment de ne pas hurler, Percy : en voilà des manières !

— Enfer et...

Le Poète-Lauréat se ressaisit à temps et se tint au milieu de l'allée, la canne à la main, dans l'attitude d'un homme prêt à assener un coup sur la tête d'un cobra qui vient de se dresser devant lui.

— Vous rendez-vous compte que l'aîné de vos petits-fils est ministre ? rugit-il. Que James siège au conseil de la Banque d'Angleterre et qu'Anthony va bientôt être évêque ? Et vous voulez me faire croire que leur grand-mère, une des femmes les plus respectées de ce temps, dont les portraits par Boldini, par Whistler et par Sargent sont exposés en permanence à l'Académie royale, et qui a reçu ce matin un télégramme de félicitations de la reine Élizabeth, a participé à un régicide ?

— Le télégramme de félicitations n'avait rien à voir avec cela, dit Lady L. Et puis, vous n'avez pas besoin de le leur dire. Que cela reste entre nous. Dommage, d'ailleurs... Ce serait tellement amusant !

Sir Percy aspira l'air avec un sifflement indigné.

— Diane, dit-il, je sais que vous aimez me taquiner. Cela a toujours été votre sport favori, surtout depuis que vous ne montez plus à cheval. Mais je dois vous prier de me répondre sans détour : avez-vous pris part à l'assassinat d'un cousin des Marymount, lesquels, ainsi que vous le savez parfaitement, sont apparentés à notre famille royale ?

— Bien sûr que oui, déclara Lady L. Et je peux vous assurer que nous n'avons pas agi à la légère : nous avons préparé l'affaire très sérieusement. Tovaroff, l'assassin, était un parfait crétin, quoique plein de bonnes intentions, et il a attendu les ordres pendant huit jours dans la chambre d'hôtel où nous l'avions enfermé, caressant son poignard, tremblant et marmonnant des propos inspirés : c'était un authentique idéaliste qui rêvait de fraternité universelle et on ne pouvait donc trouver mieux pour un assassinat, mais il fallait tout lui préparer, comme à un enfant. J'avais appris du comte Reitlich à quelle heure le prince Michel quitterait l'hôtel pour aller déjeuner à l'ambassade et, je me souviens, j'avais un tel trac — c'était la première fois qu'ils agissaient d'après un de mes renseignements — que je suis allée brûler un cierge à la Sainte Vierge pour que tout se passât bien. Puis je suis revenue en courant à l'hôtel des Bergues, où Armand avait loué un appartement somptueux et où ils étaient déjà tous sur le balcon et se préparaient à observer l'assassinat à la jumelle. J'étais très en retard et cela a failli commencer sans moi. Je me suis précipitée sur le balcon, je me fis servir du thé, et il me semblait que j'étais assise là depuis des heures, à boire du thé et à manger des marrons glacés — ils ont toujours eu les meilleurs marrons glacés en Suisse —, mais j'imagine que cela ne faisait que quelques minutes que j'étais là lorsque le prince Michel sortit de l'hôtel et prit place dans son coupé : je vis alors Tovaroff surgir de la foule et planter son poignard dans le cœur du Régent. Il frappa deux fois au cœur, et puis continua à le larder de coups de poignard — très bulgare, vous ne trouvez pas ? Il faut dire que Michel s'était très mal conduit dans son pays : il avait provoqué des pogroms — non, je me trompe, les pogroms étaient réservés aux Juifs —, je crois qu'il avait fait fouetter des paysans parce qu'ils crevaient de faim, ou quelque chose d'aussi inutile. Un des officiers de l'escorte — ils étaient tous en

blanc, avec des plumes blanches à leurs cas-
ques — finit par tuer Tovaroff d'un coup de
sabre, mais Michel était déjà bel et bien mort.
Vu du balcon et à la lorgnette, tout cela
paraissait très irréel, et faisait très opéra :
j'avais tout à fait l'impression de me trouver
aux premières loges du théâtre.

Sir Percy Rodiner fit soudain quelque chose
de tout à fait inattendu : il se mit à ricaner. « A
la bonne heure, pensa Lady L. : la cause
n'était peut-être pas tout à fait désespérée. Il y
avait peut-être en lui une trace d'humour,
malgré tout. » Elle ne pouvait espérer le libérer
vraiment de ses préjugés moraux : il n'était pas
question de faire de ce roturier un authentique
anarchiste, un nihiliste ; seuls les vrais aristocrates peuvent s'affranchir aussi complètement. Mais il y avait tout de même un petit
progrès.

La lumière du Kent — une lumière mesurée,
convenable, qui semblait revenir d'une partie
de canotage sur la Tamise avec la gouvernante
et les filets à papillons — déclinait avec une
lenteur de bon aloi qui donnait à Lady L. la
nostalgie de quelque éclair fulgurant ou de
quelque noirceur soudaine et brutale. Elle
avait horreur de tous ces voiles pudiques jetés
sur le sein de la nature dont le climat anglican
s'efforçait toujours d'atténuer les transports.
Vus de loin, sous les châtaigniers, dans cette
lumière savamment dosée, ils semblaient tous
les deux attendre dans l'allée le pinceau d'un
maître impressionniste. Elle n'avait jamais
vraiment aimé les impressionnistes. Elle trou-

vait qu'ils manquaient d'outrance, de passion. Seul Renoir, parfois, savait traiter un corps de femme avec ce manque de respect qui lui était dû.

Percy avait enfin fini de ricaner.

— Oh ! très drôle, dit-il, d'une voix lugubre. Et de très mauvais goût. Je suppose que vous avez inventé toute cette histoire uniquement parce que vous savez combien je suis attaché aux Marymount : tenez, encore la semaine dernière, j'ai passé le week-end chez eux.

Lady L. lui prit doucement le bras.

— Venez, cher Percy. Nous n'avons que quelques pas à faire. Il vous suffira d'ouvrir les yeux.

CHAPITRE V

Les jours qui suivirent la rencontre de la rue de Furcy parurent à Annette plus pénibles que le labeur à la blanchisserie maternelle et à peine moins odieux que les exigences, après tout faciles à satisfaire, des visiteurs qu'elle avait reçus dans son logis. Du matin au soir, ce furent des séances de dressage interminables : on lui apprenait à marcher, à s'asseoir, à éternuer, à se moucher, à parler, à s'habiller, bref, à « se tenir » et à « paraître », et bien qu'Armand ne cessât de lui répéter qu'elle faisait des progrès étonnants et qu'elle possédait au plus haut point cette qualité naturelle de « mystère » grâce à laquelle certaines femmes savent si bien cacher ce qui leur manque, permettant ainsi aux hommes de deviner en elles toutes les vertus qu'ils leur prêtent, il y avait des moments où il lui semblait qu'il fallait vraiment aller plus loin contre les lois de la nature pour essayer de devenir une dame que pour faire la vie.

Elle s'effondrait souvent en sanglots sur le cahier qu'elle avait couvert, sous l'égide de

M. Poupat, le calligraphe, d'élégants A, B, et C, car on considérait alors l'écriture comme un art important et on lui faisait travailler « sa main » plusieurs heures par jour. Et l'imparfait du subjonctif, le seul vice dont il lui restait encore à apprendre l'existence, faillit lui faire perdre la raison, et elle était sincèrement indignée, outrée même, par cet exercice grammatical particulièrement pervers qu'Armand lui-même lui faisait répéter :

Ah! fallait-il que je vous visse,
Fallait-il que vous me plussiez,
Qu'ingénument je vous le disse,
Que fièrement vous vous tussiez.

Fallait-il que je vous aimasse,
Que vous me désespérassiez,
Et que je vous idolâtrasse,
Pour que vous m'assassinassiez !

Heureusement pour Annette, les années qu'elle avait passées à apprendre par cœur et à réciter, pour la grande satisfaction de son père, les œuvres des prophètes de la révolte sociale, lui avaient laissé une certaine aisance de vocabulaire, ainsi qu'une élégance de langage et même de pensée ; la vision élevée de l'humanité qui inspirait les écrivains anarchistes avait fini par la marquer et par lui donner de la classe, ce qui rendait la tâche de ses professeurs de maintien beaucoup plus aisée. Les généreux et nobles élans de Babeuf, de Blanc, de Bakounine avaient éveillé dans l'âme de l'enfant une rêveuse et confuse aspiration à la beauté, au style, à la distinction, qui se manifesta tout de suite dans sa façon de s'habiller. On ne tarda pas à l'installer dans un petit appartement du Palais-Royal sous le nom de Mlle de Boisérignier, une jeune personne de la province venue à Paris dans l'espoir de se faire une place dans le demi-monde. Ce fut là que l'ancien pensionnaire de la Comédie-Française, M. de Tully, souffrant d'une affection qui avait fini par se porter à la gorge, ce qui réduisait à un tragique murmure la voix qui avait jadis fait vibrer les foules, lui donna des leçons de maintien, véritables tableaux vivants où il fallait prendre des poses distinguées, se mouvoir au ralenti, se donner des airs langoureux et intéressants, avant de passer à des exercices de diction encore plus terribles, un crayon serré entre les dents. Ces épreuves interminables laissaient à la fin d'une journée Annette dans un état de prostration et de tension nerveuse que seul Armand parvenait à calmer. Les leçons se poursuivirent pendant un mois à la grande satisfaction du maître, lequel exprimait souvent dans un râle affreux l'admiration que sa pupille lui inspirait :

— Elle est formidable ! Des dons naturels, du style, de la classe, elle a ça dans le sang. Je vous garantis un succès total !

Après quelques semaines d'éclats, de petits drames, de sanglots, son sens inné de la beauté, son intelligence et son flair la firent triompher de toutes les embûches du *bon ton* et du *comme il faut,* mais une trace de gouaille populaire demeura toujours dans sa voix, ce que l'on mettait en Angleterre sur le compte du terroir franc-comtois dont sa noble lignée était issue et dont elle avait su conserver la couleur dans son parler. Alors vint la partie la plus délicate et la plus difficile de son éducation. Armand dut lui expliquer qu'elle devait apprendre à se montrer moins renseignée, moins habile dans ses transports amoureux, qu'elle ne devait même pas hésiter à se montrer maladroite, témoignant ainsi de cette ignorance qui va de pair avec la bonne éducation, et qui ne manquerait pas de passer pour de l'innocence aux yeux des amateurs bien nés et férus de vertu.

— Mon Dieu, qu'est-ce qu'il y a encore, Percy ? demanda avec impatience Lady L. Cessez ces affreux grognements, je vous prie. J'étais très jeune, j'étais tout feu tout flamme, et vous pensez bien, en Suisse... Armand avait parfaitement raison. Vous savez comment sont les vrais gentlemen, Percy. Avec eux, il faut toujours mettre des gants.

Le Poète-Lauréat prit d'une main tremblante son mouchoir et s'épongea le front. On entendit un éclat de voix fraîches et des rires et les arrière-petits-enfants de Lady L. apparurent en courant dans l'allée. Ils étaient trois : deux petites filles et un garçon, Patrick, qui était vêtu de son costume d'Eton et portait dans ses bras le manteau de Lady L.

— Je vous apporte votre manteau, Bonne-

Douce, dit-il fièrement. Maman se fait du souci pour vous. Elle dit qu'il commence à faire frais.

Lady L. caressa tendrement les boucles sombres. Elle avait un faible pour le petit garçon. Il était vraiment adorable et, d'ailleurs, elle avait toujours préféré les petits garçons aux petites filles.

— *Merci, mon mignon,* dit-elle, en français. Veux-tu rapporter bien vite le manteau à ta maman, et dis-lui de ne pas s'inquiéter. A mon âge, il n'y a vraiment plus aucune inquiétude à se faire.

— Oh! vous n'êtes pas encore tellement vieille, dit Patrick. Maman est sûre que vous vivrez jusqu'à cent dix ans.

— Pauvre Mildred, je vois qu'elle se fait vraiment du souci, dit Lady L. Filez, maintenant, les enfants. Nous sommes en train de nous attendrir en évoquant le bon vieux temps, Sir Percy et moi. N'est-ce pas, cher Percy?

Le Poète-Lauréat lui jeta un regard épouvanté et ne dit rien. Les enfants obéirent aussitôt, comme toujours. Ils étaient vraiment très bien élevés.

Après six mois pénibles passés à faire le « chien savant », ainsi qu'elle le disait, Annette commença soudain à assimiler si vite et si bien ses leçons et donna à Armand de telles preuves de son savoir-vivre que le jeune anarchiste, pressé par le temps, commit une erreur qui faillit se terminer en catastrophe. Il avait décidé de mettre Annette à l'épreuve tout en lui donnant une touche de vernis final en l'envoyant dans un célèbre pensionnat de la

Plaine-Monceau, où les jeunes filles de bonne famille, étrangères ou provinciales, allaient passer quelques mois avant d'effectuer leur entrée dans le monde. Après les premières deux semaines de bon ton, alors que Mlle Reine, la directrice de l'établissement, lisait à ses pupilles un passage particulièrement édifiant de *L'Oiseau charmant,* on entendit soudain Annette, accablée d'un mortel ennui, lancer dans un murmure désespéré mais nettement audible : « Oh la la, qu'est-ce qu'on s'emmerde ici ! » La phrase résonna dans le silence glacé avec un tel accent de vérité et avec un tel accent tout court que Mademoiselle se demanda avec effroi si la jeune personne était vraiment la nièce du général comte de Servigny et petite-fille du célèbre cavalier du même nom tombé glorieusement à Marengo. Ce léger doute fut renforcé lorsqu'elle fut informée par une de ses pensionnaires qu'Annette ne l'appelait jamais autrement, dans les conversations entre jeunes filles, que « cette vieille maquerelle ». Elle se livra à une rapide enquête et l'on découvrit que les références et recommandations admirablement calligraphiées et fournies par « l'oncle » de sa pupille étaient toutes fausses et que le dernier seigneur de Servigny avait rendu son âme bien chrétienne à Saint-Jean-d'Acre, aux côtés de saint Louis. On craignit un cambriolage, on fit venir la police ; fort heureusement Annette fut avertie à temps du soupçon de Mademoiselle par une des jeunes brebis de celle-ci, qui brûlait d'une admiration sans limites pour la richesse du vocabulaire de son amie et pour la variété des connaissances qu'elle possédait dans certains domaines passionnants. Annette réussit à avertir Armand et à s'enfuir précipitamment en pantalon — Mademoiselle avait enfermé ses robes sous clef — par la fenêtre, au petit matin, avant l'arrivée de M. le Commissaire, non sans avoir laissé une lettre, couchée d'une main fort élégante, mais dans un tel langage que la directrice du pensionnat, après en avoir lu les premières lignes, porta la main à son cœur et s'évanouit tout bonnement. A peine l'eut-on ranimée que la prémonition des dégâts peut-être irréparables que la brebis galeuse avait sans doute causés dans son troupeau lui fit perdre connaissance à nouveau.

Ce fut à cette époque que la mort d'un des personnages les plus illustres de la jeune République priva brusquement Alphonse Lecœur d'un protecteur qu'il tenait depuis plusieurs années à sa merci. Les policiers qui lui étaient acquis ne purent faire autre chose pour lui que de le mettre au courant des décisions prises au cours d'une réunion au ministère de l'Intérieur : son arrestation venait d'être décidée. Dans ses *Mémoires,* le commissaire Magnien déclare avec une juste sévérité que le roi des apaches serait probablement mort riche et honoré s'il n'avait pas cherché à donner à ses crimes un caractère de révolte sociale, et s'était contenté modestement de demeurer le proxénète et le maître chanteur qu'il avait été durant vingt ans de sa vie. La chaîne de « maisons », dont le Chabanais et le Royal, les deux cercles de jeu, l'écurie de courses, l'hôtel particulier, les phaétons et les coupés furent transférés en toute hâte au nom d'un homme de paille, lequel, ne craignant plus les représailles du géant aux abois, ne tarda pas à se les approprier. C'est ainsi que l'éducation d'Annette fut brutalement interrompue et qu'elle se retrouva soudain en Suisse, dans un monde si totalement différent de celui qu'elle avait connu jusqu'ici. Plein d'une immense amertume, furieux, vexé et bredouillant de terribles menaces contre la société, Alphonse Lecœur tint sa cour dans des cafés de Genève et de Lausanne, se laissant présenter d'un air maussade et condescendant par Armand à divers anarchistes russes et italiens comme un grand combattant de la liberté et un pionnier d'un monde nouveau, cependant que le jockey, sa tête au visage étroit toujours penchée bizarrement de côté, regardait son ami de ses yeux tristes et résignés.

CHAPITRE VI

Ses premières semaines seule avec Armand en Suisse lui avaient laissé un tel souvenir de bonheur et elle était si jeune alors qu'il semblait aujourd'hui à Lady L. qu'elle avait eu, malgré tout, une enfance heureuse. Même les pistolets qu'il gardait toujours à son chevet ne parvenaient pas à évoquer l'idée de quelque péril latent. C'étaient là des instants d'une telle plénitude, d'une telle joie de vivre qu'ils excluaient tout souci, toute appréhension.

Elle habitait seule à l'hôtel des Bergues, jeune veuve inconsolable d'un certain comte de Camoëns; on devinait son chagrin à son air de langueur, à son regard désenchanté qui paraissait glisser sur les êtres et les choses sans les voir; on murmurait qu'elle était venue en Suisse pour consulter des médecins; on parlait d'une maladie étrange qui la minait; il ne s'agissait pas encore de phtisie, précisait-on, mais de cet état crépusculaire de l'âme qui précède si souvent les atteintes du mal. Et sa pâleur et sa lassitude n'étaient nullement feintes, lorsqu'elle faisait parfois quelques pas avec

ses deux lévriers sur les bords du lac Léman :
peut-être parce qu'il était condamné à l'inaction, en attendant la réunion de la direction de
la nouvelle Internationale anarchiste à Bâle,
Armand n'avait jamais été plus ardent et plus
exigeant ; la prodigalité avec laquelle il dépensait ses jeunes forces dans les bras de sa
maîtresse n'eût pas manqué d'être considérée
comme un gaspillage scandaleux d'énergie par
les théoriciens de l'action directe ; ils n'auraient sans doute pas hésité à affirmer que ce
qu'il donnait ainsi sans compter, il le prenait
au peuple. Chaque jour qui se levait voyait
Annette grimper quatre à quatre les étages
d'une maison délabrée du vieux quartier de
Genève, frapper à la porte d'une chambre
d'étudiant, et là, se jeter dans les bras de son
amant, rendue enfin, arrivée au port, libérée,
évadée et si étrangement rassurée dès qu'elle le
sentait en elle ; ils restaient alors sans bouger
un long moment dans cette paix absolue,
s'enivrant de leur attente d'une joie obéissante
et soumise qui ne pouvait plus se refuser.
Ensuite, penchée avidement sur ce visage
qu'elle ne se lassait jamais de regarder, dans le
désordre de la petite chambre pleine de livres,
de manuscrits, de journaux, de traces de repas
froids, sa chevelure répandue sur la poitrine
d'Armand, elle suivait du doigt l'expression de
bonheur calme et souriant sur ses traits, pour
en apprendre par cœur le dessin et pouvoir
ensuite le reconstituer à volonté, les yeux
fermés, dans la solitude luxueuse et froide de
son appartement ou lorsqu'elle se promenait

avec un air tellement distant et las au bord de l'eau, dans les demi-teintes ouatées d'une nature douce et bienséante qui savait si bien se tenir et paraissait faite de propreté. Ce fut, pendant trois semaines, une griserie et une plénitude toujours neuves dans leurs tumultueux retours et c'est en vain que la tranquillité du grand lac limpide qu'ils apercevaient de la fenêtre venait leur donner sa leçon de sagesse et de retenue. Parfois, il lui semblait qu'elle rêvait, qu'il allait falloir se réveiller, revenir sur terre. Elle soupirait, lui jetait un regard triste.

— Et alors, ce pique-nique, il va bientôt finir ?

— Quel pique-nique, ma jolie ?

— Tout à l'heure, il va se mettre à pleuvoir et il va falloir rentrer...

Il y avait des moments où elle croyait qu'il était enfin parvenu à se libérer de son autre passion, de ce rêve d'un bonheur universel dont pas un homme ne serait exclu, qu'ils étaient seuls, enfin, et même les deux pistolets chargés sur la table de chevet paraissaient alors avoir été abandonnés là dans sa fuite par un terroriste disparu. Oubliés les grands desseins, les bouleversements sociaux, les bombes à jeter et le sang à répandre, les réunions clandestines et les groupes d'action ; tout ce qui restait, c'était un garçon sain et vigoureux qui rendait enfin aux caresses et aux baisers la place qui leur était due dans la vie : la première, incontestablement. Annette se doutait bien que Liberté, Égalité et Fraternité attendaient quelque part, dehors, avec leurs grosses moustaches et leurs chapeaux melons, arpentant le pavé d'un pas lourd ; furieux, mauvais, sortant parfois la montre de leur gousset pour regarder l'heure avec impatience. Mais elle s'efforçait de ne pas trop penser : elle savait déjà que le bonheur était fait d'oubli. D'ailleurs, l'avenir, c'était bon pour les hommes. Elle avait découvert un trésor nouveau, très féminin, insoupçonné : le présent. Elle ne se doutait guère du combat qu'Armand Denis se livrait à lui-même, déchiré entre ce goût soudain d'un destin personnel, et les appels incessants que le monde de la faim et de la servitude, du mépris et de l'indifférence lui adressait par son silence même, ce silence que la presse bourgeoise savait si bien couvrir de sa voix. Ce fut plus tard seulement — dix-sept ans après, exactement — que Lady L. trouva une trace de ce déchirement insoupçonné dans une lettre écrite peu après leur arrivée à Genève par Armand Denis au socialiste Dino Scavola, que les idées de Karl Marx enthousiasmaient bien plus que l'absolutisme sanglant des impératifs anarchistes. La lettre était reproduite dans le deuxième volume de l'autobiographie de Scavola [1] : « Peut-être avez-vous raison. Il m'arrive de penser parfois que le terrorisme relève plus d'une sorte d'impatience viscérale que de la logique révolutionnaire. Ce que vous dites d'ailleurs des rapports du terrorisme et du défaitisme n'est peut-être pas sans fondement. » Scavola publiait également sa propre

1. *Révolutions, révolutionnaires*, Milan, 1907.

lettre à Armand Denis : « Que le règne de la raison succède enfin aux débordements de la passion, que les jouisseurs de l'absolu renoncent enfin à leurs débauches idéalistes, que l'extrémisme de l'âme cesse partout ses viols de l'humain... Vos amis se réclament tous de l'amour des hommes, mais combien nombreux sont parmi eux ceux qui recherchent surtout à assouvir une vengeance personnelle contre la Création, en punissant les hommes de leurs imperfections... Leur comportement est au socialisme ce que les perversions des sens sont à l'amour. » Mais tout ce qu'elle savait alors était qu'elle tenait dans ses bras un être extraordinaire par l'impétuosité de sa passion, et elle ne connaissait pas encore assez ce genre d'hommes pour comprendre que s'il mettait tant d'acharnement et d'abandon dans ses caresses, c'était parce qu'il s'efforçait d'oublier et de fuir ainsi dans ses bras un amour plus grand et plus dévorant que celui qu'elle lui inspirait. Elle n'avait pas encore appris à voir en l'humanité sa rivale, et il lui arrivait même de s'imaginer qu'il n'y avait personne d'autre dans la vie de son amant. C'était sans doute aussi le seul moment dans la carrière de l'apôtre de la « révolution permanente » où le jeune extrémiste tentât vraiment de se libérer des profondeurs tourmentées où ses convictions le retenaient englouti depuis tant d'années déjà, de remonter à la surface, d'accéder au superficiel, à la banalité des baisers, des muguets et du ciel bleu. Il essayait d'être heureux. Parfois, ils se levaient et sortaient sur le balcon pour contempler par-dessus les toits les eaux pâles du grand lac, et la montagne semblait se découvrir devant eux comme pour les saluer en jetant bas dans l'eau limpide son pic enneigé, mais Annette se lassait vite du paysage. La seule chose qu'elle pouvait regarder pendant des heures était ce visage charnu et frémissant, avec ce nez un peu plat et cette crinière bouclée de fauve, ce cou fort et les épaules rudes dans la chemise de soie blanche au col ouvert ; elle avait toujours envie de toucher le nez si animal, de plonger la main dans la chevelure désordonnée où la lumière mettait des reflets de bronze, de demeurer penchée sur les yeux sombres et gais à la fois, qui changeaient de couleur lorsqu'il souriait. La voix était profonde, hachée, toujours un peu brusque, comme les mouvements du corps qui se figeait ou s'animait soudain, mais paraissait ignorer la lenteur, le geste lent et paresseux, la mollesse indolente.

— Armand, apprends-moi une chanson d'amour...

— Bigre. Tu n'en as jamais appris, Annette ?

— Toutes celles que je connais sont trop courtes et trop tristes. Ça geint, ça se plaint, ça pleure, ça se meurt, on dirait que les gens qui les écrivent ont tous quelque chose aux poumons. Écris-moi une vraie chanson d'amour, Armand.

— Cela sort un peu de ma veine habituelle, mais je veux bien essayer.

C'est ainsi que les paroles d'une chanson

anonyme, si populaire en France vers les années 1895 : *Au bonheur qui passe,* plus tard mises en musique par Aristide Filliol, furent écrites dans une mansarde de Genève par un terroriste traqué. Lorsque Lady L. entendit pour la première fois la rengaine dans une rue de Paris, alors qu'elle passait en voiture avec l'ambassadeur d'Angleterre, Sir Allan Hazlitt, et reconnut brusquement les paroles : « Adieu, moment furtif, joli bonheur qui passe... », elle pâlit sous sa voilette et, à la grande surprise du diplomate, cacha son visage dans sa main gantée et éclata en sanglots. Car Armand n'avait pas mieux réussi que tous les autres poètes qui l'avaient précédé : il avait fait sa chanson d'amour beaucoup trop courte et beaucoup trop triste.

Mais Liberté, Égalité et Fraternité s'impatientaient et ne tardèrent pas à faire sentir leur présence. Armand offrait refuge à des émigrés politiques : Polonais qui essayaient de se libérer du joug russe, révolutionnaires allemands qui ne cessaient, avec la régularité si caractéristique de leur peuple, d'échouer dans leurs attentats contre le Kaiser, Hongrois qui rêvaient encore de Kossuth, Italiens qui préparaient l'assassinat de leur roi, Serbes qui attendaient la chute des Habsbourg. De plus en plus fréquemment, après avoir grimpé les quatre étages avec un sourire heureux, Annette voyait la porte s'ouvrir sur un groupe d'individus en train de dresser les plans d'un attentat à Paris, à Vienne ou à Moscou sur une feuille de papier gras où traînaient encore la tête aux

yeux ronds et les arêtes d'un hareng à la russe.
Ils y passaient la nuit, dormant par terre, ou
analysant jusqu'à l'aube avec une inlassable
ferveur les nouvelles politiques que des camarades fraîchement exilés rapportaient de leur
pays respectifs. Avec quelle excitation, quel
enthousiasme ils accueillaient la moindre
rumeur, s'accrochant à chaque brindille d'espoir avec une confiance absolue, voyant partout des signes qui leur étaient favorables,
s'attendant chaque jour à des retournements
extraordinaires, à des révoltes que rien ne
pourrait arrêter et qui leur permettraient enfin
de prendre les choses en main et de faire surgir
la pureté du sang et la justice du massacre. Ils
se croyaient tous entourés d'une sympathie
universelle ; les foules opprimées n'attendaient
qu'un signe pour se soulever, les masses étaient
de leur côté, ce n'était plus qu'une question de
mois, de semaines, d'heures. Pas un ouvrier
parmi eux, pas un fils d'ouvrier ou de paysan ;
les Russes étaient tous bien nés et portaient
souvent des noms illustres ; les Allemands
étaient tous des bourgeois romantiques et férus
de poésie ; les Italiens, des amateurs de *bel canto*
qui s'ignoraient et voulaient faire de l'humanité un chant d'amour et de beauté pour vivre
les opéras qu'ils sentaient en eux ; ils portaient
tous la marque de cette aristocratie du cœur et
de cette distinction des sentiments qui rempla-
çaient simplement par Dame Humanité cette
autre Dame que chantaient les troubadours à
l'époque de l'amour courtois ; ils faisaient de
l'homme un objet de culte et de leur foi

104

politique une église ; ils cherchaient dans la révolution des titres de noblesse plus authentiques que ceux dont ils étaient souvent nantis ; touchés plus tard par le défaitisme intellectuel, conséquence naturelle de leurs trop exigeantes aspirations, certains d'entre eux devaient commettre, en se ralliant au fascisme et au nazisme, un suicide typique des amours déçues. Parmi eux, quelques grands rêveurs au cœur pur qui lançaient des bombes dans les parlements où les grands orateurs bourgeois allaient se faire écouter de leurs maîtresses, et montaient fièrement à la guillotine, faisant ainsi au rêve l'hommage traditionnel d'une tête coupée. C'est en vain que leur violence exaspérée et tragique cherchait à troubler le dernier sommeil du siècle finissant ; ils avaient l'oreille trop sensible et entendaient déjà le grondement lointain de la grande houle de l'histoire qui allait déferler, mais n'avaient ni la patience de l'attendre ni le pouvoir de la précipiter. Annette les retrouvait tous dans la petite chambre, attablés autour d'un repas de pain et de saucisson sec sur du papier journal, rêvant de quelque prodigieux raccourci, de quelque fabuleux exploit qui les aurait menés droit au but, les dispensant du lent et désespérant labeur d'éducation, de propagande et d'organisation. L'un d'eux se terra là pendant deux semaines, un Russe gros, rond, chauve et barbu, qui sentait le tabac ; il attendait à Genève l'argent que sa mère devait lui envoyer pour lui permettre de rentrer à Saint-Pétersbourg et d'assassiner le tsar. Il parlait constamment de sa mère, expliquant à tous et à chacun quelle femme supérieure, courageuse et intelligente elle était. Il s'appelait Kovalski et sa mère était, en effet, la célèbre comtesse Kovalski ; déportée en Sibérie pour ses activités révolutionnaires, elle y était devenue l'égérie et l'inspiratrice de Choulkov. Quelques semaines plus tard, Kovalski regagna bien la Russie, mais au lieu de faire sauter le tsar, il fit sauter par mégarde sa propre mère au cours d'un accident provoqué par une bombe de sa fabrication. Il y avait aussi Kilimoff, un jeune officier, ancien membre du corps des Pages, un homme silencieux, méditatif et renfermé, qui tuait le temps en faisant d'interminables parties d'échecs contre lui-même, qu'il perdait immanquablement, ce qui paraissait lui procurer une sombre satisfaction. Et Napoléon Rossetti, un petit Italien jovial, originaire de Crémone, qui jouait du violon dans les cafés et ne se promenait jamais dans Genève sans une bombe dans son étui d'aspect si inoffensif.

— On ne sait jamais, Mademoiselle, expliqua-t-il aimablement à Annette, quelle charmante rencontre vous attend sur les rivages si bien fréquentés du lac Léman. Ma devise est donc : Toujours prêt à servir.

Lady L. avait trouvé dans l'*Essai sur l'art* de Sir Bertram Moore, publié en 1941, un passage remarquable qui lui paraissait s'appliquer admirablement à Armand et à certains de ses compagnons. « Cela devait finir ainsi ; le besoin de beauté de l'âme humaine devait tôt ou tard sortir des limites de l'art pour s'attaquer à la vie elle-même. Nous voyons donc des créateurs inspirés lancés à la poursuite d'un chef-d'œuvre vécu et qui se mettent à traiter la vie et la société comme une matière plastique. Imaginez un Picasso ou un Braque essayant de bâtir un monde nouveau selon les canons de son art : l'humanité entière traitée et triturée — torturée — comme une pâte à modeler. C'est ce qui nous arrive. Reste à savoir d'où vient dans l'âme humaine ce besoin de beauté : c'est vraiment un bien curieux endroit où l'on est allé le fourrer. »

Au début, Annette avait trouvé le petit groupe de conspirateurs plutôt gentil. Mais Armand décida que l'anonymat de la jeune femme était essentiel à la réussite de leurs projets et interdit à son amie de venir le voir lorsque les camarades étaient là. Annette se mit aussitôt à les détester de tout son cœur et n'eût sans doute pas hésité à les signaler à la police, n'était le péril qu'un tel caprice eût fait courir à son amant.

Elle se trouva donc la plupart du temps livrée à elle-même et chercha à se consoler en goûtant à toutes les joies que sa condition nouvelle et les restes de l'argent d'Alphonse Lecœur mettaient à sa portée. Elle faisait de longues promenades à travers la campagne, jouant avec son ombrelle, prenant bien soin de dire au cocher d'aller lentement, afin de ne rien perdre de l'effet amusant que son passage produisait sur les promeneurs solitaires, heureuse de se laisser admirer, se donnant des airs mystérieux et un peu langoureux pour chatouiller leur curiosité. Elle s'arrêtait devant les villas romantiques, avec leurs balcons italiens où paraissaient errer les ombres de tous les amants disparus, elle regardait les dames élégantes et les messieurs distingués qui jouaient au croquet sur le gazon, elle visitait le jardin offert à la ville par le grand-duc Alexis où l'on vous donnait un guide avant de vous permettre de vous aventurer dans le labyrinthe de fleurs, et elle se sentait prise d'une impérieuse envie d'être riche, de posséder une maison, d'avoir son attelage, ses jardins, de se promener parmi des fleurs qui lui appartiendraient. La variété fabuleuse des fleurs lui apparaissait un des plus grands mystères de la création. Elle bavardait avec les jardiniers, apprenait le nom des plantes, leurs goûts, leurs habitudes, leurs exigences et caprices et, fermant les yeux, essayait de reconnaître chaque fleur à son parfum ; lorsqu'il lui arrivait de deviner juste, elle avait l'impression qu'elle venait de se faire une amie pour la vie.

Elle passait des heures dans les salons de mode, essayant les toilettes, les chapeaux, jouant avec le boa de plumes ou avec la voilette qui aidaient son extrême jeunesse à se parer d'un air de mystère, tandis que les vendeuses s'exclamaient : « Que Mademoiselle est donc belle ! »

Vers cinq heures, elle ne manquait jamais de faire son entrée chez Rumpelmeyer, où elle prenait le thé, écoutant le bourdonnement discret des voix françaises, russes ou allemandes autour d'elle, faisant mine de ne voir personne et de ne rien entendre, si ce n'est le *O Sole mio!* chanté par un Italien bedonnant qui pressait contre son cœur une patte velue, cependant que son compagnon maigre aux longs cheveux l'accompagnait au violon. Elle réussissait si bien à prendre un air distrait et lointain et avait déjà tant d'allure dans la discrétion et tant d'assurance dans la solitude qu'aucun de ces messieurs jeunes et vieux qui explorent les pâtisseries à l'heure du thé n'osa jamais l'aborder ni même la regarder trop ouvertement. Parfois seulement, un coup d'œil rapide et impudent qu'elle lançait traversait soudain comme une flèche l'atmosphère raffinée et bienséante du lieu, cependant qu'une expression d'une telle malice se peignait, l'espace d'une seconde, sur un visage, qu'on entendait les tasses, les cuillères et les soucoupes s'entrechoquer dans les mains de quelques chasseurs à l'affût, mais avant que ces amateurs eussent eu le temps de se poser certaines questions ou de se bercer de certains espoirs, les lèvres d'Annette réprimaient sévèrement la dernière trace du sourire évanoui, ses longs cils s'abaissaient modestement, un air distant, impénétrable voilait ses traits, et les paroles de M. de Tully retentissaient à ses oreilles :

— Rappelez-vous, mon enfant, vous êtes lointaine, vous êtes inaccessible... Vous êtes inapprochable... Une déesse seule sur son Olympe... Que personne n'ose... Que nul ne présume... On ne peut que vous adorer respectueusement de très loin et soupirer en vain...

Vous obtiendrez d'eux alors tout ce que vous voudrez.

Et vite, un dernier coup d'œil furtif et enjoué, mais avant qu'aucun de ses admirateurs interloqués ne se décidât à en croire ses yeux et à se lever de sa chaise, il ne restait plus sur son visage que la perfection admirable des traits que nul ne pouvait qualifier autrement que d'aristocratiques, le nez fin, spirituel, ravissant, et ces lourds cils qui semblaient se baisser sous le poids de la modestie.

On la voyait beaucoup chez les bijoutiers, où elle aimait jouer avec les magnifiques camées italiens qui faisaient alors fureur — Lady L. en avait encore des boîtes pleines — ou essayer des boucles d'oreilles, des bracelets et des broches, que l'on n'appelait pas encore du nom affreux de *clips,* et tels étaient sa force de volonté et son sens de la respectabilité, pourtant si récemment acquis, qu'elle ne vola jamais rien, bien que la tentation fût parfois si forte qu'elle en aurait presque pleuré. Mais elle comprit très vite que le vrai luxe n'était pas celui des pierres et des œuvres d'art et qu'auprès de la splendeur vivante des formes, des éclats, des couleurs que la terre lui offrait, le plus beau bijou n'était que pacotille. Elle avait un sens inné de l'authenticité. Elle savait d'instinct différencier l'élégance du simple tape-à-l'œil, la vraie distinction des airs que l'on se donne, et avait déjà au plus haut point cet art mystérieux d'ajouter à sa toilette une touche personnelle à peine perceptible, mais qui faisait d'elle aussitôt la femme la mieux habillée partout où elle apparaissait.

Ce fut au cours de ses promenades dans le canton qu'elle se pénétra vraiment de ce que M. de Tully avait mis tant de patience à lui enseigner. Une branche de lilas était une leçon de grâce ; en regardant les cygnes glisser sur les eaux du lac, en caressant les pétales d'une fleur, elle en apprenait soudain plus long que dans tous les manuels de maintien ; elle ne traversait jamais un jardin sans acquérir un peu plus d'aisance et d'allure et, très vite, lorsqu'elle était assise chez Rumpelmeyer, écoutant le discret babillage des polyglottes, ou qu'elle passait devant les tableaux à un vernissage, elle commença à susciter l'admiration non plus seulement par sa beauté, mais par ce quelque chose d'inné que les vrais aristocrates reconnaissent immédiatement, cet *on ne sait quoi* d'aisé, d'assuré, d'inimitable, que l'on ne peut acquérir mais que l'on tient de naissance, « la classe, quoi », se disaient entre eux ces connaisseurs de sang bleu en se regardant d'un air entendu. Des années plus tard, lorsqu'elle se rappelait cette première impression qu'elle avait faite à ses nobles admirateurs, il arrivait encore à Lady L. de rejeter sa jolie tête blonde en arrière et d'éclater d'un rire joyeux qui inquiétait toujours un peu son entourage, parce qu'il semblait vraiment englober le monde entier dans son insouciance ; on murmurait volontiers qu'il y avait dans le caractère de cette grande dame quelque chose d'un peu amoral, de nihiliste même, trait assez fréquent, du reste, chez les vrais seigneurs, qui peuvent tout se permettre et que plusieurs siècles de privilèges laissent parfois légèrement excentriques et complètement irrespectueux. Et lorsque les peintres et les sculpteurs s'extasiaient devant son allure, cette qualité de style immédiatement perceptible dans son moindre geste, elle leur expliquait gravement :

— Tout cela s'apprend en fréquentant les fleurs.

Elle se mit à aimer la musique. Elle sut très vite distinguer le véritable art de la virtuosité, et, assise dans la salle de concert, les yeux mi-clos, un sourire aux lèvres, elle se laissait aller à un enchantement que seul celui de l'amour parvenait à surpasser. Mais elle devait toujours garder un faible pour la valse musette que l'on considérait alors comme le comble du vulgaire : Lady L. dut attendre plusieurs années avant de pouvoir aider cette fille des rues à entrer dans les salons.

CHAPITRE VII

Le petit groupe d'extrémistes rassemblés à Genève autour d'Armand Denis était alors en pleine rébellion contre la pensée révolutionnaire de l'époque. A la réunion clandestine de Bâle en janvier 1890, ils dénoncèrent avec violence Karl Marx dont la doctrine leur paraissait mener tout droit à l'asservissement complet de l'homme par l'État, rejetant toute coopération avec les socialistes anglais qu'ils qualifiaient de « fabianistes bêlants [1] » et rompant finalement avec Kropotkine et Fedoukhine, eux-mêmes jugés trop « gants blancs [2] ». Le Comité de Libération, nom adopté par la direction collégiale du mouvement de la « révolution permanente » après la scission de Bâle, commença à manquer d'argent au moment même où ses projets et son plan d'action se faisaient particulièrement ambitieux. L'attaque d'un fourgon postal à

1. Armand Denis, *L'Illusion pastorale,* dans le numéro du 3 janvier 1890 de *L'Homme libre.*
2. Id., *ibid.*

Lausanne, menée à bien par Armand et Lecœur, celle de la joaillerie Maximin à Genève, exécutée par Armand et Slesser au début de février 1890, leur permirent d'organiser et d'armer une demi-douzaine de groupes volants qui traversèrent la frontière française au début du printemps. La moitié des effectifs s'évapora aussitôt avec l'argent, les autres ne devaient se signaler que par l'échec de la manifestation à Clichy, le 1er mai 1891, où, malgré les quelques coups de feu échangés, il n'y eut ni morts ni blessés. La société bourgeoise semblait littéralement absorber les anarchistes, comme le papier buvard boit l'encre, et il fallait sans cesse trouver de nouvelles recrues, ce qui exigeait à son tour un travail d'éducation et de formation dont la lenteur n'était guère compatible ni avec le tempérament d'Armand Denis ni avec les convictions profondes qui l'avaient poussé, à Bâle, à réclamer la proclamation d'un « état d'urgence mondial » afin de sauver l'humanité menacée par les rivalités colonialistes et les ambitions des dirigeants. Il était plus facile et plus efficace de recruter les exécutants mercenaires dans les milieux criminels, mission dont un certain Kœnigstein, dit Ravachol, fut chargé à Paris. Armand avait calculé que si les quelques centaines de crimes crapuleux commis bon an mal an dans la capitale pouvaient être remplacés par des assassinats politiques, la société capitaliste se trouverait privée de ses piliers et s'écroulerait dès la première poussée des masses populaires [1]. Mais cette façon d'opérer était particulièrement coûteuse : si les vrais idéalistes étaient littéralement pour rien, le recrutement des professionnels dans les milieux spécialisés exigeait des sommes considérables. Armand Denis, après pas mal d'hésitations, ce qui donnait aujourd'hui à Lady L. l'impression qu'elle avait été alors, sans le savoir, à deux doigts d'une victoire dont elle ne s'était guère doutée, décida finalement d'utiliser Annette dans le but même pour lequel il l'avait recrutée plus de dix-huit mois auparavant. La charmante comtesse de Camoëns allait donc d'une villa à l'autre, prenant le thé, jouant au croquet, caressant la tête des enfants, écoutant de la musique de chambre, promenant autour d'elle un regard méditatif et hésitant entre les demeures de ses hôtes aimables, dont plusieurs lui paraissaient tout à fait dignes d'être mises à sac.

Elle avait pu établir les contacts mondains nécessaires dans la bonne société grâce aux offices d'un certain baron de Beren. Le baron, un homme d'une très grande culture et d'une rare finesse d'esprit, était un de ces malheureux qu'Alphonse Lecœur tenait à sa merci depuis des années, exploitant sans pitié une fêlure bien connue dans l'âme de l'aristocrate, tellement immaculé dans sa personne et tellement raffiné dans ses goûts, mais qui ne pouvait savourer certains plaisirs, dont il ne

1. Armand Denis, *Les Criminels et nous,* article paru dans *L'Homme libre,* numéro du 14 novembre 1889.

pouvait non plus se passer, que dans l'abjection et l'humiliation les plus totales, à genoux au bord de l'abîme, et, si possible, dans l'imminence d'un péril mortel. Freud lui-même n'eût sans doute pas pu sauver cet être frêle aux cheveux blancs de l'attrait irrésistible que la soumission dans les ténèbres exerçait sur l'enfant éperdu et vicieux qui se cachait dans l'adulte et qui demandait à être puni. Et si cet amateur désespéré d'apaches, enfoui dans sa lourde pelisse, le monocle brillant dans la lueur des becs de gaz à son visage blême, terrifié et ravi, ne s'était jamais fait couper la gorge au cours de ces plongeons nocturnes dans l'abjection, il le devait entièrement à la protection de Lecœur. Sa fortune y était passée entièrement ; flanqué d'un conseil judiciaire, il n'était plus utile depuis des années à l'ancien patron du Chabanais que comme démarcheur dans les cercles de jeu et auprès de la jeunesse dorée et bien née, dont « Milord » Lecoeur avait tellement recherché la compagnie avant de se découvrir une vocation de révolté. Ce fut donc de Beren qui servit de chaperon à Annette dans la haute société riche, oisive et poliment ennuyée de Genève. Lecœur l'avait fait venir en Suisse spécialement à cette intention. Le pauvre homme s'y était rendu bien à contre-cœur, et tomba aussitôt malade : il ne pouvait supporter l'air pur de la Suisse, qui lui donnait des crises d'asthme. Dès qu'on le plaçait dans des conditions de vie saines, il commençait à étouffer. « J'ai horreur de la nature », murmurait-il tristement à Annette, couché dans son appartement à l'hôtel des Bergues, toutes fenêtres fermées et rideaux tirés. Mais il ne pouvait être question pour lui de désobéir. Il lutta vaillamment contre la lumière, contre le printemps, contre le vent des neiges qui venait des glaciers, perdit l'appétit, dépérit, étouffa, mais s'acquitta de sa tâche, trouvant tant bien que mal parmi les cochers quelque faible réconfort. Il lui fallut plusieurs semaines pour installer fermement dans le monde la comtesse de Camoëns, dont le deuil venait justement de finir, puis il retourna en hâte à Paris, où il se rétablit rapidement. Mais la poigne solide de Lecœur ne pesait plus lourd dans les bas-fonds où il avait entrepris sa cure avec un peu trop d'abandon. Quelques mois après son retour, on retrouva son corps dans le ruisseau : son visage arborait encore une expression de délicieuse terreur.

Annette put donc se mêler sans difficulté à ces oiseaux de luxe migrateurs qui voletaient d'un pays à l'autre selon les saisons, prenaient les eaux à Baden-Baden ou à Kissingen, pique-niquaient sur les rives de lacs aimables ou se faisaient photographier, l'alpenstock à la main, au bord d'un glacier, tandis que leurs fils et leurs filles, surveillés par des précepteurs allemands ou des gouvernantes anglaises, peignaient de gentilles aquarelles à la manière d'Edward Lear, lisaient *Le Petit Lord Fauntleroy,* ou rêvaient devant leur piano. La Suisse était alors le rendez-vous favori de ces voyageurs prudents, pour lesquels le mont Blanc était encore un spectacle terrifiant ; l'époque victorienne, avec son confort de peluche, ses bouillottes, ses albums et ses fleurs séchées entre les pages de journaux intimes, avait établi ses avant-postes sur les rives et dans les parcs bien tenus du lac de Côme, de Stresa et d'Interlaken.

Ce fut pourtant parmi ces flâneurs oisifs et dont la seule passion paraissait être la bienséance et le *comme il faut* qu'Annette fit la connaissance d'un des hommes les plus excentriques, les plus cultivés et les plus intelligents de son temps. Edward Lear, dont il fut pendant longtemps le protecteur généreux, ne l'appelait jamais autrement que « Bonze bienheureux » ; dans *Alice au pays des merveilles*, Lewis Carroll faisait de lui ce roi dont le domaine était de l'autre côté du miroir et donnait de lui cette description, dans ses lettres à Dudley Page : « Imaginez un Bouddha maigre, au crâne entièrement rasé, au sourire que rien n'a le pouvoir d'effacer, des paupières sans cils sur des yeux minces et d'une eau profonde, des lèvres qui semblent avoir conservé dans leur pli voluptueux la saveur de tous les mets exquis auxquels elles ont goûté, et vous ne saurez rien de l'homme, car il demeure invisible derrière ce masque immuable ; on a parfois l'impression d'une statue de pierre habitée par un être prodigieusement amusé par ce qu'il voit autour de lui et en particulier en vous, ce qui n'est pas précisément une sensation qui met l'interlocuteur à l'aise. » Le duc de Glendale, « Dicky » pour ses amis, avait alors un peu plus de cinquante ans et soutenait déjà depuis de longues années avec succès sa réputation de bête noire de la reine Victoria. Ses ennemis le trouvaient profondément corrompu, ses amis voyaient en lui l'incarnation de la sagesse. Son caractère fantasque et aventureux était célèbre ; il le tenait de son père qui avait accompagné Lord Byron dans sa fatale expédition en Grèce, non qu'il s'intéressât tellement à la cause de l'indépendance grecque, mais parce qu'il trouvait que la beauté du paysage, la compagnie du poète et l'occasion de mettre la main sur quelques pièces rares de l'Antiquité valaient le déplacement. Après la mort de Byron, il continua à se battre aux côtés de l'Ypsilanti, risquant à plusieurs reprises sa vie pour enlever le mont Hellios à la cavalerie turque ; la victoire remportée, il pilla le temple, et regagna triomphalement l'Angleterre avec ses trophées. Son fils avait épousé une gitane, au scandale de la jeune Reine et du Prince consort ; après la mort de sa femme, il était allé vivre plusieurs années en Espagne dans la tribu à laquelle elle avait appartenu. Des touristes anglais outrés le reconnurent dans les rues de Séville, un perroquet sur l'épaule, accompagnant au tambourin le numéro de son singe savant. Il disparut ensuite pendant plusieurs années en Extrême-Orient, d'où il revint un jour le crâne rasé et vêtu de la robe orange des prêtres bouddhistes. Il fut prié de quitter l'Angleterre, après avoir tenté en vain de convertir au bouddhisme l'archevêque de Canterbury et condamné la chasse à courre dans une lettre au *Times,* écrite dans un ton ironique et indigné que seul un renard eût pu approuver. Il alla vivre en Italie et fit peu parler de lui, simplement parce qu'il fréquentait des milieux dont on ne pouvait même pas décemment parler; rapins, socialistes, libertaires, tout lui était bon. L'amour de l'art finit cependant par devenir la force dominante de sa vie. La sûreté de son goût et de son jugement était devenue légendaire parmi les marchands et les collectionneurs de l'époque; il voyait dans l'art une révolte de l'homme contre sa condition, contre la brièveté de son destin. Son sens de la tolérance, sa bienveillance souriante étaient jugés par les uns comme une forme d'indifférence aristocratique et même de dédain, par les autres comme le signe d'une nature qu'une sensibilité excessive et une sorte d'indignation permanente avaient poussée à se réfugier dans le détachement et l'ironie; en tout cas, son refus des conventions et des normes victoriennes lui avait rendu la vie pratiquement impossible en Angleterre.

Il s'était intéressé à Annette dès leur première rencontre à un raout chez l'ambassadeur de Russie, le comte de Rodendorff. Il était manifestement en admiration devant sa beauté blonde et gaie, mais sans doute aussi intrigué par certaines étrangetés dans son comportement. Annette était encore obligée de se taire souvent et de se surveiller tout le temps : un mot d'argot, un geste un peu trop vif, quelque ignorance trop flagrante, et les langues iraient leur train; elle se sentait un peu nerveuse chaque fois que Glendale la regardait fixement de ses yeux légèrement bridés, aux paupières sans cils, un léger sourire perpétuellement figé au coin des lèvres ; les pommettes saillantes et l'impassibilité des traits accentuaient encore davantage le caractère étrangement oriental du visage. Il rechercha sa compagnie et bientôt ils se virent presque tous les jours bien qu'elle ne se sentît jamais tout à fait à l'aise avec lui : il avait une façon de poser sur elle son regard et de sourire gentiment qui lui donnait l'impression qu'elle avait répondu sans même s'en rendre compte à toutes ses questions. Mais il était charmant, amusant et manifestement épris d'elle. Et elle n'avait jamais imaginé qu'un simple mortel pût vivre une existence pareille. Avec son cortège de cuisiniers français et chinois, de majordomes italiens, de pur-sang, d'entraîneurs irlandais, de poètes, de musiciens, avec son train spécial toujours prêt à le transporter d'un bout à l'autre de l'Europe, avec ses écuries de courses et ses meutes de chasse, ses collections de tableaux et d'objets d'art, de maisons et de jardins, il paraissait moins goûter ses richesses et ses privilèges que se moquer d'eux, de lui-même, de la société qui le tolérait, et de parodier par son existence même et par son genre de vie fastueux tout ce qu'il était lui-même et tout ce qui le rendait possible. « Un agent provocateur », telle était la définition de lui-même qu'il donna un jour à Annette, mais elle dut attendre de devenir Lady L. pour comprendre vraiment ce que ce terroriste entendait par là.

Les heures qu'elle passait en sa compagnie

la marquaient rapidement; elle se laissait gagner par une sorte de contagion qui la transforma peu à peu, sans qu'elle en eût conscience; sa façon de regarder les choses, ce mélange de scepticisme amusé qui cachait un amour profond de la vie, cette absence totale de préjugés qui allait jusqu'à une tolérante et bienveillante amoralité exerçaient sur elle un attrait irrésistible : très vite, elle décida que c'était là une façon de s'habiller qui lui irait à ravir, et elle observa Dicky attentivement, pour essayer de percer le secret de cet art qui vous permet de tenir le monde à distance simplement par la façon de le regarder. Il ne l'avait jamais interrogée sur son passé et bien que la discrétion qu'il mettait à éviter absolument ce sujet fût déjà en elle-même la marque un peu ironique d'une certaine méfiance et peut-être même d'un soupçon, elle lui en savait gré et, très rapidement, ne se sentit plus en sa présence ni gênée ni sur ses gardes. Lorsqu'elle faisait un faux pas, lorsqu'un mot d'argot lui échappait ou qu'une forte trace de gouaille faubourienne venait marquer soudain son propos, il savait ne pas s'en apercevoir. Malgré tout le plaisir qu'elle trouvait à sa compagnie, elle n'en négligeait pas pour autant sa mission et dressa un plan minutieux de la villa de Glendale, avec l'emplacement exact de ses trésors et le contenu de chaque vitrine soigneusement énuméré. Elle avait tracé peu à peu ce plan au cours des séances de dessin qu'ils avaient presque tous les jours sur la terrasse qui dominait le parc et le lac Léman; les montagnes de la rive française fermaient l'horizon et les voiliers sortaient parfois du port avec leur démarche de papillons. Glendale faisait son portrait, tandis qu'Annette, un carton sur les genoux, s'appliquait avec un peu de lassitude à reproduire sur le papier les formes viriles de la statue d'Apollon qui ornait l'escalier de la terrasse.

— Dicky, que sont ces merveilleux petits objets au second étage à droite dans le corridor, juste avant l'entrée de la bibliothèque ?

Un œil fermé, Glendale la mesurait avec un crayon qu'il tenait à bout de bras.

— Vous avez raison de vous y intéresser. Ce sont des scarabées égyptiens. Ils datent du IIIe millénaire et ont été spécialement volés pour moi dans la tombe d'un pharaon. En fait, j'entretiens en permanence une équipe d'excellents archéologues qui volent pour moi en Égypte. Ils ont justement découvert une nouvelle sépulture et sont en train de la piller pour mon compte. Je suis ce qu'on appelle un mécène.

— Est-ce que ces ravissantes petites choses ont beaucoup de valeur ?

— Énormément. Elles sont uniques.

Annette souleva légèrement Apollon et indiqua la position de la vitrine sur le plan. Elle écrivit dans la marge : « Scarabées d'or égyptiens, beaucoup d'argent. A ne pas louper. »

— Il se peut que j'aille moi-même en Égypte au printemps prochain surveiller le pillage, dit Glendale. Voulez-vous m'accompagner ?

— Ce serait merveilleux. Mais, dites-moi, Dicky, pour ces scarabées... Si vous les vendiez, combien en obtiendriez-vous? Je vous demande cela par pure curiosité, bien sûr.

— Bien sûr. Voyons... Le Louvre m'en a offert dix mille livres, mais le Kaiser, qui a séjourné chez moi l'année dernière, m'en a proposé presque le double et ne les a pas eus.

— Vingt mille livres? demanda Annette, en baissant la voix, car elle éprouvait encore un solide respect pour l'argent. Croyez-vous que le Kaiser paierait vraiment ce prix-là, si on les lui offrait?

— Sans hésiter. Je ne serais même pas surpris s'il faisait la guerre à l'Angleterre ou à la Suisse, rien que pour mettre la main sur mes scarabées... C'est un mécène, lui aussi.

Annette marqua la somme avec un point d'interrogation, et nota soigneusement le nom de l'acheteur éventuel, l'empereur d'Allemagne. C'était un débouché intéressant, mais il posait évidemment un problème moral, car il était tout de même difficile pour les amis d'Armand de traiter avec le Kaiser, qu'ils exécraient. Elle se demanda soudain s'il n'était pas plus simple de confier son secret à son nouvel ami : Dicky était tellement compréhensif, peut-être même les aiderait-il à se cambrioler lui-même. L'admiration sans bornes, un peu enfantine, qu'il lui inspirait était telle qu'elle ne put s'empêcher de la laisser paraître devant Armand, et le jeune anarchiste s'en montra scandalisé.

— C'est une pourriture. La seule chose

qu'on puisse dire en sa faveur, c'est que sa pourriture est à ce point évidente qu'il travaille, en quelque sorte, pour nous : il précipite le processus révolutionnaire. Un sybarite égoïste qui ne s'intéresse qu'à son propre plaisir. Il n'y a rien de plus répugnant que cette attitude de libéralisme détaché qui prétend faire du cynisme et du scepticisme une forme de sagesse... Et il se jette aux yeux la poudre d'or de l'art pour ne pas voir toute la laideur et la misère qui l'entourent...

Elle voulut protester.

— Mais il est si bon et si généreux. Il fait vivre des dizaines de peintres, d'écrivains, de musiciens... Sans lui, ils seraient morts de faim ou n'auraient rien accompli.

— Oh ! ça, je n'en doute pas, dit Armand en haussant les épaules. L'artiste a toujours été le complice des classes dirigeantes, et il le devient de plus en plus : on veut envoyer les masses fumer leur nouvel opium dans les musées, à la sortie de l'église, et pour les mêmes raisons. Je ne puis entendre dans la bouche d'un bourgeois le mot « culture » sans avoir envie de saisir mon pistolet [1]. Nos poètes et nos musiciens sont payés pour chanter des berceuses au peuple, afin de l'aider à dormir. Les peintres exécrables de ce temps sont payés pour jeter un joli voile sur nos réalités sociales. Il ne saurait y avoir de beauté sans justice, d'art sans une

1. Armand Denis, lettre publiée dans les *Mémoires* de Scavola en 1904, donc trente-trois ans avant la déclaration presque identique de Goebbels.

réalité humaine digne d'être exaltée. Glendale est un libertin réactionnaire, voilà la vérité. Le peuple passera sur lui et il n'en restera qu'une description clinique dans les manuels d'histoire, pour éviter le retour du mal.

Ils se promenaient dans un champ de narcisses sur le flanc du mont Pèlerin. Armand revenait d'une réunion d'étudiants dont il avait pour la circonstance adopté la casquette à coiffe blanche ; il tenait à la main la casquette pleine de cerises qu'ils avaient cueillies. La lumière du jour et le vent jouaient avec ses cheveux aux reflets tigrés ; sa carrure un peu trapue, la puissance de ses épaules, de ses bras, lui donnaient toujours une allure un peu fruste, que le dessin célèbre du *Père Peinard* avait si bien saisie. Lady L. avait découpé le dessin et l'avait collé sur l'image de saint Cyrille, dans une icône russe qu'elle gardait au pavillon. Le lac immense avec ses petites villes, les montagnes bleues, les clochettes lointaines d'un troupeau invisible dont la pureté cristalline paraissait célébrer celle de l'air et des glaciers, tout ce jeune été qui savait si bien tourner le dos à la souffrance d'autrui et à la laideur était sans doute, lui aussi, un libertin réactionnaire, mais Annette était plus sensible à son langage qu'à celui d'Armand.

— Glendale appartient à une classe condamnée dont le seul but dans la vie est ce qu'ils appellent l' « égoïsme sacré ».

Annette soupira : elle ne connaissait rien de plus sacré. Ce n'était nullement qu'elle eût quelque répugnance à piller les collections de

Dicky, bien au contraire, mais elle trouvait vraiment stupide de gaspiller ensuite une telle fortune à faire sauter des ponts et dérailler des trains, à assassiner des ministres, imprimer des tracts et nourrir des « camarades », ces camarades qui jamais, au grand jamais, n'écoutaient de la musique, ne regardaient une fleur, ne se retournaient au passage d'une jolie femme.

— Bien sûr, je ferai ce que tu voudras, mais... Armand... Est-ce qu'on ne pourrait pas, une fois, garder l'argent pour nous, voyager, voir le monde, être heureux ensemble ? Pourquoi faut-il toujours que tu donnes tout à tes amis ? Ils ne sont bons à rien ! Ils ne font que parler et jeter l'argent par les fenêtres. Comme ce maladroit de Kovalski. Il a tout juste réussi à faire sauter sa propre mère. Est-ce que ce n'est pas ridicule ?

— Il voulait bien faire. C'est un de ces regrettables accidents qui peuvent arriver à n'importe qui.

— Chéri, cambriolons ce bon Dicky, mais gardons au moins une partie de l'argent pour nous. J'ai tellement envie de voyager ! Les Indes, la Turquie... Rien qu'une petite année, Armand. Après, on reviendra et on changera le monde. Mais je voudrais le voir avant, pendant qu'il est encore si beau...

Il la regardait avec étonnement : une jeune femme ravissante, élégante, assurée, qui se promenait dans un champ de narcisses en jouant avec son ombrelle. On était vraiment loin de la fille affolée et meurtrie qu'il avait ramassée dans la rue, il y avait de cela à peine dix-huit mois. Il s'arrêta parmi les fleurs qui lui arrivaient aux genoux.

— Écoute-moi.

Elle se retourna vers lui, vit son visage durci, presque hostile, le front baissé et l'éclat des yeux où la violence contenue se manifestait toujours par une soudaine fixité du regard. Elle lui saisit la main.

— Excuse-moi. Tu es ma vie, Armand. Je ferai tout ce que tu voudras. Je suis frivole ; ivre de bonheur, et je ne sais plus ce que je dis. Et puis, je passe mes journées avec Dicky, qui se moque de tout, et je ne sais plus très bien où j'en suis. Tout ce que je sais, c'est que je t'aime comme aucune femme n'a jamais aimé.

Armand serra si fort son poignet qu'il lui fit mal.

— Écoute-moi, Annette. Il y a en toi une dureté qui est très compréhensible : tu as souffert si tôt et si profondément qu'il ne te reste plus que mépris pour la souffrance, tu ne veux plus en entendre parler. Tu as été à une telle école du malheur que tu as fini par avoir horreur non seulement du malheur, mais aussi des malheureux. C'est une réaction de défense bien connue, c'est ainsi du reste que la bourgeoisie, qui est après tout sortie du peuple, s'est durcie et s'est retranchée dans sa dureté... Mais il y a une chose que je ne comprends pas. Tu dis que tu m'aimes. Comment peux-tu aimer quelqu'un sans l'aimer tel qu'il est ? Comment peux-tu m'aimer et me demander en même temps de changer complètement, de

128

devenir quelqu'un d'autre ? Si je renonçais à ma vocation révolutionnaire, il ne resterait plus rien de moi : tu ne peux pas me demander à la fois de renoncer à ce que je suis et de demeurer celui que tu aimes. Ce n'est pas facile, tu sais, d'être dans ma peau. Ce n'est pas facile d'être Armand Denis. C'est très précaire. On se réveille parfois le matin tout surpris de se trouver encore là. Tu devrais être ma force, ne pas essayer de miner ma volonté, mes convictions. Tu devrais...

Il se tut : elle avait des larmes dans les yeux. Il s'adoucit.

— Tout ce que je veux dire, c'est que si les hommes cédaient toujours à ce qu'il y a en eux de plus humain, il y a longtemps qu'ils ne seraient plus des hommes.

CHAPITRE VIII

Lorsqu'elle retourna chez Glendale, deux jours plus tard, Annette constata, non sans agacement, que la collection de scarabées d'or avait disparu. Elle fronça les sourcils et demanda assez sèchement ce qu'il en était advenu ; Dicky regarda d'un air innocent la vitrine vide.

— Oh ! je les ai mis à l'abri dans le coffre-fort de ma banque, pour quelque temps, expliqua-t-il. Il y a eu un ou deux cambriolages ces temps derniers, dans la région, et je serais vraiment navré si on me volait ces pièces rarissimes. Leurs nouveaux possesseurs seraient capables de les fondre pour recueillir l'or. Dieu me pardonne !

Annette s'efforça de paraître indifférente, mais elle eut nettement la fort déplaisante sensation que Dicky se doutait de quelque chose. C'était très, très ennuyeux. Elle se sentait contrariée et même indignée à l'idée qu'un tel soupçon ait pu effleurer l'esprit de son ami. Vraiment, ce n'était pas gentil. Elle bouda pendant toute une semaine. Et pourtant, Glendale semblait lui être très attaché. Il recherchait constamment sa compagnie. Il offrit de lui enseigner l'anglais et, bien qu'elle n'eût jamais réussi à perdre son accent parisien très marqué, elle fit des progrès rapides et s'exprima bientôt avec facilité dans cette langue. On les voyait ensemble partout : aux concerts, aux bals, aux garden-parties, faisant de la voile sur le lac ou de longues promenades en voiture dans les environs.

Ce fut en revenant d'une de ces randonnées qu'Annette, après une halte brève mais fervente à l'église où elle brûla un cierge, faillit rater le début de l'assassinat de Michel de Bulgarie. Elle retrouva Dicky le lendemain à la partie de croquet du comte Rodendorff, ambassadeur de Russie, où l'attentat était, naturellement, le sujet de toutes les conversations. Tout le monde était horrifié. Les autorités suisses, inquiètes des répercussions que le terrorisme pouvait avoir sur l'industrie touristique du pays, entreprirent un contrôle systématique des émigrés politiques, si bien que la situation d'Armand et de ses amis devint rapidement assez difficile. De son côté, le gouvernement français, inquiet de l'extension que prenait le mouvement anarchiste — l'explosion à la caserne Lobau, le 18 mars 1891, venait sept jours à peine après celle du boulevard Saint-Germain au domicile du conseiller Benoît —, entreprenait une action énergique qui démantelait les principaux réseaux des extrémistes à Paris. Chaumartin, Béala, Simon et Ravachol lui-même, le bras droit d'Alphonse

Lecœur, étaient arrêtés et traduits en justice. Les responsables de « l'Internationale noire », nom que les journaux commençaient à lui donner, se réunirent à Bâle, et Armand, une fois de plus, parvint à faire prévaloir son point de vue : au lieu d'une pause, accentuer au contraire l'action terroriste, surtout à Paris, afin de faire pression par la peur sur le jury appelé à juger les camarades arrêtés, et prouver en même temps à l'opinion que la police était impuissante et que le mouvement n'avait rien perdu de son élan. Sur proposition du Russe Belaïeff, il fut également décidé de quitter la Suisse pour quelque temps et de transférer le siège du « Comité de Libération » en Italie. Tout cela nécessitait cependant des fonds dont les groupes d'action étaient à peu près totalement dépourvus : l'attaque du Crédit Foncier à Bruxelles venait de se solder par un échec retentissant et par l'arrestation de Kobeleff. Dès son retour à Genève, Armand annonça à Annette son intention de piller la villa du comte Rodendorff qu'elle lui avait signalée depuis longtemps.

L'ambassadeur de Russie était une sorte d'ours maladroit et bon vivant, qui avait perdu au jeu des sommes fabuleuses, ce qui ne l'empêchait pas de mener un train de vie extravagant, et de donner des dîners de cent personnes servis dans de la vaisselle d'or. Il était tombé éperdument amoureux de la jeune Mme de Camoëns : il avait sangloté, agenouillé à ses pieds, lorsqu'elle avait refusé de l'épouser, menaçant de se faire sauter la cervelle, ce qui fit dire à Glendale que « ce serait bien le premier service qu'il rendrait à son pays ». Il fut décidé qu'Armand, Alphonse Lecœur et le jockey s'introduiraient dans la villa pendant qu'Annette assisterait à un ballet en compagnie de son soupirant. Malheureusement, l'ambassadeur, ayant fait des excès de table avant le spectacle, fut pris d'un malaise dans sa loge, peu après le début de la représentation, et ses amis durent le raccompagner chez lui. Annette regagna précipitamment son hôtel, tremblant d'appréhension. Sur le chemin du retour, Rodendorff se sentit mieux et voulut revenir au théâtre. Mais ses amis, le général russe Dobrinski et un attaché de l'ambassadeur d'Allemagne, insistèrent pour le ramener dans sa villa.

Ils trouvèrent la porte ouverte, les domestiques bâillonnés et ligotés et un homme à la stature imposante, cigare aux lèvres et pistolet au poing, planté dans le hall d'entrée, tandis que le jockey était en train de fourrer la vaisselle d'or dans des sacs. Armand était à ce moment-là au premier étage et, un revolver appuyé contre la nuque du secrétaire, l'invitait à ouvrir le coffre-fort. La réaction immédiate de Lecœur, furieux de cette interruption, fut de tirer sur Rodendorff, qu'il blessa au bras. Armand se précipita dans l'escalier et bien que le trio pût quitter la villa sans difficultés, suivi seulement par les rugissements de fureur du Russe, la police, en possession de leur signalement précis, le fit circuler partout, l'ambassadeur offrit une prime de dix mille francs-or à toute personne qui contribuerait à l'arrestation des criminels, les Suisses, indignés par un tel abus de leur hospitalité, mobilisèrent tous leurs informateurs, et le trio se trouva dans une situation presque désespérée. L'extraordinaire beauté d'Armand, que la presse s'empressa de surnommer tantôt « l'ange noir », tantôt « le démon blanc », la stature gigantesque de Lecœur, en contraste frappant avec la taille minuscule du jockey, les rendaient immédiatement reconnaissables : ils ne pouvaient songer à passer inaperçus et se terrèrent dans l'atelier du père Lanusse, un horloger respecté des Bergues, qui arborait dans les cafés du lac Léman une superbe moustache blanche et une pipe de père tranquille, mais dont l'arrestation, six mois plus tard, permit de découvrir un stock de bombes suffisant pour anéantir tout le quartier. La police perquisitionna dans le logement occupé par Armand dans la vieille ville, où elle tomba sur un groupe d'exilés russes en train de pérorer autour d'un samovar, parmi des valises pleines de littérature anarchiste. L'arrestation d'Armand Denis et de ses compagnons ne semblait plus désormais qu'une question d'heures.

Ce fut Annette qui vint à leur secours.

CHAPITRE IX

Les fenêtres de sa chambre donnaient sur le lac. La nuit ne semblait pas vouloir finir. Annette guettait chaque bruit de pas dans la rue, chaque fiacre qui passait, chaque barque de pêcheur qui s'approchait du rivage. Elle savait qu'Armand était en danger de mort, qu'il ne se laisserait pas prendre sans une lutte acharnée, mais elle était sûre aussi qu'il était vivant, qu'il n'était pas blessé : c'était une certitude physique qu'elle ressentait dans sa chair même, comme si leurs deux corps ne faisaient qu'un.

Ce fut seulement vers neuf heures que la femme de chambre frappa à la porte pour lui annoncer qu'un horloger demandait à la voir.

Annette écouta le récit du père Lanusse en arpentant fébrilement le salon, jurant parfois entre les dents avec une crudité qui offusquait manifestement le vieil idéaliste habitué aux nobles pensées et aux propos élevés. Tout son courage lui était revenu et elle sentait s'éveiller en elle un goût de la lutte et une volonté de parvenir à ses fins que rien ne pouvait empê-

135

cher de triompher. Pour la première fois elle commençait aussi à se rendre compte de l'étrange ambiguïté du sentiment qui la poussait si irrésistiblement vers Armand : une tendresse presque maternelle, un besoin de se donner entièrement, mais aussi de posséder complètement, une sorte d'égoïsme tyrannique et impérieux, mais prêt à tous les sacrifices et à toutes les soumissions, et une faiblesse où elle puisait pourtant le plus clair de sa force et de son énergie. Il n'y avait qu'un seul homme qui pût lui venir en aide, mais la témérité même d'une telle démarche exigeait une extrême prudence, une habileté et une aisance sans bavure, il allait falloir bien jouer son rôle, toucher, séduire, amuser. Le mensonge devait être charmant, l'émotion profonde devait se donner l'air d'un caprice; il s'agissait de trouver ce ton de supériorité désinvolte qui permet à la vie de vous suivre dans un salon, mais comme un caniche bien dressé. Elle allait en somme passer vraiment son examen d'entrée dans le monde. Une demi-heure plus tard elle était chez Glendale.

Installé sur sa terrasse, il partageait son petit déjeuner avec un toucan perché sur son épaule. C'était un oiseau noir dont le bec monstrueux, d'un jaune canari, était aussi grand que le reste de son corps. Dicky l'avait ramené d'un voyage en Amérique du Sud et s'entendait très bien avec lui. Une boîte en or et diamants admirablement ouvragée était posée sur la table, et, lorsqu'il l'ouvrit pour offrir une cigarette à Annette, la boîte joua un petit air bavarois.

136

Dans la lumière matinale, Dicky paraissait plus vieux et plus gris. Son visage avait quelque chose de figé dans son air de sagesse orientale et elle remarqua qu'il avait deux plis minces au coin des lèvres qui avaient dû souvent passer pour un sourire. Il portait une robe de chambre de soie damassée et des babouches. Elle se demanda quel âge il pouvait avoir. Elle s'assit, accepta une cigarette, et attendit que les domestiques fussent sortis.

— Dicky, il m'arrive une chose épouvantable.

— Ce qui signifie, je suppose, que vous êtes tombée amoureuse, et aussi que vous êtes mal tombée. On ne tombe jamais bien lorsqu'on tombe amoureux.

— Dicky, je vous assure que je n'aurais pas pu tomber plus mal.

— Félicitations, mon petit. C'est sûrement très bon. Puis-je vous être utile ?

— Oh ! Dicky, vous n'imaginez pas à quel point tout cela est impossible.

— Allons, qui est-ce ? Un cocher, un pêcheur ? Un domestique ? Ou bien, que Dieu vous garde, un poète ?

Elle se mit à lui raconter son histoire. Pas toute la vérité, bien sûr, juste ce qu'il fallait pour que ses mensonges parussent vraisemblables. Elle faisait entièrement confiance à Dicky, mais elle manquait encore d'assurance et avait un peu honte de son passé. Elle n'était pas encore assez grande dame pour se permettre le luxe d'avouer qu'elle avait été une fille des rues. Elle avait préparé son histoire soigneusement et elle la récita fort convenablement, en dissimulant à merveille sa nervosité. Dicky, d'ailleurs, parut tout à fait convaincu. La seule chose qui gêna un peu Annette pendant son récit, ce fut le toucan. L'oiseau la regardait fixement, la tête penchée de côté, avec un air extrêmement sarcastique : elle s'attendait tout le temps à ce qu'il se mît à ricaner.

Elle était en train de se peigner les cheveux, un soir, dans son appartement, lorsqu'elle remarqua soudain que le rideau de velours rouge bougeait étrangement, bien que la fenêtre fût fermée. Elle fit un geste pour sonner la femme de chambre, mais quelque chose, un instinct, une intuition, la poussa à n'en rien faire. Elle se leva, s'approcha du rideau et...

— De ma vie je n'ai vu un visage plus noble, un regard plus fier, une beauté plus virile... Il se tenait là, en manches de chemise, un pistolet à la main, l'air le plus romantique qu'on puisse imaginer. Il ressemblait un peu à ce portrait de Lord Byron que vous avez dans votre bibliothèque. Je crus que mon cœur allait s'arrêter. Je compris aussitôt qu'il ne pouvait s'agir d'un vulgaire cambrioleur. Que les pensées qui se cachaient derrière ce front pâle et pur ne pouvaient être que nobles et inspirées...

Glendale, qui était occupé à beurrer un toast, tiqua légèrement.

— C'est tout de même extraordinaire, dit-il, avec un peu d'irritation. Chaque fois qu'une femme éprouve pour un homme une attirance physique, elle prétend toujours être séduite par son âme, ou plutôt — soyons modernes — par son intelligence. Même lorsqu'il n'a pas eu le temps de prononcer un mot, intelligent ou non, comme cela semble avoir été le cas, encore moins de vous laisser admirer son âme... Confondre l'attirance physique avec l'amour spirituel, c'est comme mélanger la politique et l'idéalisme : très mauvais, ça. Bon, que s'est-il passé ensuite ? Je veux dire, à part cette... cette autre chose qui s'est manifestement passée, et dont vous semblez avoir tiré, de toute évidence, de très grandes satisfactions.

— Je vous en prie, Dicky, ne soyez pas cynique. J'ai horreur de ça. J'ai pansé ses blessures... Oh ! oui, j'oubliais de vous dire qu'il était blessé.

— Pas trop, je présume, dit Glendale. Juste ce qu'il fallait pour le rendre irrésistible...

— Ensuite, je l'ai caché dans mon appartement pendant plusieurs jours. Nous sommes tombés follement amoureux l'un de l'autre. Après cela, je ne l'ai pas revu pendant une semaine environ. Et maintenant, j'ai bien peur qu'il ait encore fait une bêtise.

— ... Cambriolé la maison de cet idiot de Rodendorff par exemple.

— Comment le savez-vous ?

— C'est dans les journaux.

— Dicky, je voudrais l'aider.

— Et que savez-vous de lui, au juste ? En dehors du fait qu'il est irrésistible ?

139

— Je crois malheureusement que c'est un anarchiste.

— Vraiment?

— Je crois d'ailleurs qu'il est très célèbre. Il s'appelle Armand Denis. Avez-vous jamais entendu parler de lui?

Pour la première fois depuis le début de leur conversation, Glendale manifesta quelque surprise et même une trace d'excitation.

— Je pense bien! C'est un poète romantique fort connu.

— Voyons, Dicky, ce n'est pas du tout un poète! C'est un homme d'action et un réformateur social. Il veut donner la justice, la liberté et... tout, quoi, à tous les hommes de la terre.

— C'est exactement ce que je dis : un poète romantique, répéta Glendale. Le genre d'homme qui, il y a cinquante ans, serait mort de la diarrhée pour l'indépendance grecque, comme Byron. Il n'y a rien de plus pathétique que ces derniers débris de l'époque romantique que le passé continue à rejeter sur notre rivage, alors que le XXᵉ siècle est déjà presque là. Mon ami Karl Marx m'a un jour fort bien décrit les disciples de Kropotkine et de Bakounine : « Des rêveurs d'absolu qui prennent leur noblesse et l'exquise qualité de leurs sentiments humanitaires pour une doctrine sociologique. Ces gens-là abordent les problèmes sociaux avec cette élégance des sentiments, cette noblesse de cœur, cette bonté d'âme qui relève bien plus de l'inspiration poétique que des sciences sociales... Ils s'installent devant l'humanité comme un peintre devant son sujet, en se demandant comment en faire un chef-d'œuvre. Ils jettent leurs bombes comme Victor Hugo jette ses foudres poétiques et avec beaucoup moins d'effet. » Ce qui ne fait pas nécessairement de votre jeune homme un mauvais amant, au contraire.

Annette leva vers lui un regard implorant.

— Mais que dois-je faire, Dicky ? Comment l'aider ? Toute la police suisse est à ses trousses...

— Très romantique, fit Glendale, en finissant son café. Enfin, dans la mesure où quelque chose peut être romanesque en Suisse. Eh bien, pourquoi n'iriez-vous pas faire un petit voyage en Italie avec votre troubadour ; ne serait-ce que pour vous débarrasser de votre obsession ? Et qui sait, il finira peut-être par comprendre dans vos bras qu'il existe d'autres moyens d'accéder au paradis terrestre que les bombes. Mais au fait, continua-t-il, en prenant un nouveau toast, au fait, qui êtes-vous exactement, Annette ?

Annette ouvrit tout grands des yeux innocents.

— Que voulez-vous dire ? Je suis la comtesse de Camoëns.

— Allons donc, il n'y a jamais eu de comte de Camoëns, répondit Glendale, d'un air un peu las. Enfin, passons. Je vais voir ce que je peux faire. J'aimerais d'ailleurs rencontrer ce jeune homme. Je n'ai jamais lancé de bombes moi-même, mais j'ai fait de mon mieux. A vrai dire, ma façon de vivre a dû causer plus de tort à l'aristocratie anglaise et à ce que votre jeune ami appelle « les classes dirigeantes pourries » que tous les attentats terroristes de ces dernières années. Je vais donc essayer d'organiser un petit voyage romantique en Italie pour vous et pour votre jeune protégé. Cela risque d'être amusant. Je me ferai une joie de raconter un jour au prince de Galles comment j'ai fait passer la frontière suisse à un dangereux anarchiste. J'espère que cela parviendra aux oreilles de notre chère souveraine. Il est, en effet, grand temps que je fasse quelque chose pour soutenir ma réputation. Sinon, on pourrait croire que je vieillis.

L'évasion d'Armand et de ses compagnons fut sans doute la plus aisée et la plus confortable de toutes celles dont jamais osât rêver une bande de criminels traqués par la police de trois pays. Ils passèrent la frontière en grand style, à bord du train spécial de Glendale, admirant le paysage suisse par la fenêtre du wagon marqué de la couronne ducale et de l'emblème du léopard bondissant sur fond jaune, que sa famille mettait sur son écu depuis la troisième croisade, à laquelle, du reste, elle n'avait pas participé. Les autorités fédérales ouvraient la route et montaient la garde à bord du train car, après les récents attentats terroristes, la Suisse était décidée à ne rien négliger pour assurer la sécurité de ses hôtes distingués. On leur avait expliqué que le duc accompagnait ses chevaux au steeple-chase qui devait avoir lieu à Milan. Un wagon-écurie avait été attaché au train et un entraîneur de belle prestance, vêtu d'un superbe costume brique à carreaux et accompagné d'un jockey qui portait sa selle sur le bras, prit tranquillement place à bord, sous le regard respectueux des policiers. Glendale et Sapper faillirent se jeter dans les bras l'un de l'autre : ils avaient connu les mêmes chevaux.

Armand Denis, impeccablement habillé, monta dans le train, offrant son bras à Annette. Les Suisses inspectèrent encore une fois le convoi, mais ne découvrirent nulle bombe cachée, cependant que l'Union Jack et le drapeau fédéral flottaient fraternellement unis dans un ciel radieux. Le train s'ébranla. La conversation entre le vieil anarchiste et le jeune aristocrate — la formule était de Glendale — installés l'un en face de l'autre, une coupe de champagne à la main, dégustant des tartines de caviar, cependant que le maître queux veillait sur les faisans et le *roastbeef,* se poursuivit pendant tout le voyage, pour la plus grande satisfaction des deux interlocuteurs, et Annette, bien qu'elle fût plus occupée à regarder Armand qu'à écouter, était fière et heureuse que son amant brillât si avantageusement devant un tel adversaire. Dans cette escrime verbale avec l'un des hommes les plus fins de son temps, Armand fit preuve d'un tel style, d'une telle adresse et d'une telle précision de touche qu'Annette ne put s'empêcher de penser que le sort avait été très injuste avec lui et qu'il aurait dû naître au moins archiduc.

— Je ne saurais dire, Monsieur, disait Glendale, que votre logique m'impressionne beaucoup. Votre idée de détruire l'État en atta-

143

quant ses éphémères représentants me semble quelque peu nébuleuse. Vous surestimez l'importance de l'individu, qu'il soit roi ou simple président de la République. Je soupçonne fort, du reste, que vous lancez vos bombes pour vous exprimer, à défaut sans doute d'autres moyens d'expression — faute de talent, en vérité. Si vous me disiez que faire sauter un parlement ou un pont vous divertit, ou vous détend, je pourrais le comprendre, comme je comprends, sans partager leur plaisir, les gens qui passent leurs jours assis au bord de l'eau, leur canne à pêche à la main. Pour ma part, j'ai horreur de la pêche.

Armand hocha la tête d'un air de courtoise désapprobation.

— Monsieur, l'art pour l'art n'est pas un de mes vices. En assassinant les chefs d'État, en harcelant la police, en effrayant les gouvernants, nous poursuivons un but fort pratique et très précis : nous voulons forcer les dirigeants à devenir de plus en plus bêtement cruels dans leur défense de l' « ordre ». Ils finiront ainsi par supprimer les libertés illusoires dont ils peuvent actuellement s'offrir le luxe ; lorsque l'existence des masses de plus en plus opprimées deviendra intolérable, ce qui ne saurait tarder, elles se dresseront enfin dans la révolte contre tout le système capitaliste. Notre but est de forcer le pouvoir à resserrer son étau au point de provoquer lui-même le sursaut populaire qui le balaiera. Nos excès visent à provoquer de sa part des réactions excessives. La réaction est la meilleure alliée de la révolution.

A chaque acte de terreur que nous commettrons répondra une terreur encore plus grande et encore plus aveugle. Alors, quand il ne lui restera plus une once de liberté, le peuple tout entier se joindra à nous.

Glendale avait l'air peiné.

— Vous avez une bien piètre idée du peuple, Monsieur, remarqua-t-il. Personnellement, bien que je sois censé être un aristocrate décadent — on est toujours le décadent de quelqu'un, soit dit en passant —, j'ai une conception infiniment plus élevée des masses populaires. On ne les mène pas à la révolte comme du bétail, en les piquant au fer rouge. La révolution est aussi une notion culturelle, elle n'est ni purement économique ni uniquement policière. Le moment est proche où, après une génération passée à observer ma façon de vivre dont je fais à dessein grand étalage, l'idée viendra tout naturellement aux foules de vouloir partager mes plaisirs, ou, tout au moins, de m'en priver. Je joue un rôle révolutionnaire dont vous avez tort de sous-estimer l'importance. Je suis un merveilleux agent provocateur et je sers le progrès d'une manière humble, peut-être, mais nécessaire. J'ajoute que lorsque je verrai les masses résolument déterminées à profiter enfin vraiment de tout ce que la vie et l'art peuvent leur offrir, je disparaîtrai avec le sentiment très satisfaisant d'avoir bien tenu mon rôle historique. Rien ne me ferait plus plaisir que de voir des millions de jouisseurs me succéder. J'aime le plaisir. Il n'y a rien qui fasse davantage la joie d'un authentique hédoniste que de voir l'espèce grandir et se multiplier. Le vrai, l'authentique jouisseur peut même se passer de plaisir lui-même et vivre une existence d'ascète, à condition qu'il lui soit permis de savourer le spectacle infiniment satisfaisant que lui offrent les délices d'autrui. Il devient alors un voyeur, mais au sens le plus noble, au sens bouddhiste de ce mot. Car, au fond, c'est exactement ce qu'on entend en Orient par détachement contemplatif. Bouddha est parvenu au point où son propre plaisir ne lui suffit plus : il veut se sentir entouré de la joie de tout ce qui respire. Dès l'instant où nous pourrons être sûrs que notre joie nous survivra, la mort ne sera plus qu'une délicieuse noyade dans le bonheur...

— Monsieur, répondit Armand, en faisant la grimace, le paradoxe est le refuge classique de tous ceux qui essaient de noyer le poisson et de brouiller les cartes, en faussant le monde pour se fabriquer une excuse d'exister, qui cherchent à vous éblouir par un jeu savant de miroirs déformants, parce qu'ils se savent eux-mêmes difformes — un pauvre effort pour brouiller les pistes et tenter d'échapper ainsi à la vérité en marche et qui se referme sur eux de tous côtés.

Annette s'amusait beaucoup et avait envie d'applaudir. Elle ne savait pas ce qui l'enchantait davantage : le foie gras, le train spécial, pareil à un merveilleux jouet, l'extraordinaire arrogance et la beauté d'Armand, ou la finesse et l'humour du vieil hédoniste ridé et

tolérant qui avait tant vécu et dont le sourire
flottait sur les lèvres avec une immuabilité
qui évoquait les œuvres d'art des temps immé-
moriaux.

CHAPITRE X

Au cours des mois qui suivirent, tandis qu'Armand se terrait dans un logis à Milan, Glendale, avec une aisance de magicien, révéla à Annette un monde ancien, mais dont elle ne soupçonnait même pas l'existence. C'était son premier contact avec l'Italie et, bien qu'elle en eût attendu beaucoup, rien ne l'avait préparée à cette bouleversante révélation. Elle tomba malade d'excitation et dut garder le lit pendant plusieurs jours, contemplant par la fenêtre ouverte la ville émeraude passer du rose de l'aube au jaune du couchant, jusqu'à ce que le docteur, ayant fort correctement diagnostiqué le mal dont elle souffrait, prescrivit tout bonnement de tirer les rideaux sur San Giorgio Maggiore, et quelques gouttes de valériane. A Rome, foulant au Colisée le sol où les premiers chrétiens furent jetés aux lions, elle imagina tout naturellement Armand dans ce rôle de martyr, et sanglota avec un tel abandon au milieu de l'arène qu'un bon prêtre qui passait, ému par la qualité si évidente de sa foi chrétienne, s'approcha d'elle et lui donna sa bénédiction. Debout à l'endroit même — le guide lui en donna l'assurance, en montrant son diplôme de cicérone — où Néron avait joué de la lyre en admirant Rome qui brûlait à ses pieds, elle se demanda, un peu perplexe, si Armand aurait choisi la lyre du poète ou la torche de l'incendiaire, et opta finalement pour la torche, qui serait allée à ravir avec son genre de beauté. Parcourant la Via Appia au trot plaisant de son phaéton, la tête sur les coussins, faisant tournoyer gaiement son ombrelle, elle vit Armand marcher à la tête de ses légions sous l'aigle impériale, se demanda rêveusement ce qu'elle aurait porté pour la circonstance, et courut aussitôt commander une nouvelle robe chez Luppi. De retour à Venise, glissant sur le Grand Canal dans la gondole de Dicky, visitant les églises roses, si légères, si gaies, si frivoles même qu'elle en tombait à genoux, découvrant Florence et Pise, Bologne et Padoue, recevant dans les yeux la lumière de Giotto, écoutant Verdi dans sa loge à la Scala, elle ne tarda pas à décider qu'il ne pouvait plus être question pour elle de vivre autrement, qu'elle avait enfin trouvé sa place, son monde, son destin. Glendale l'observait avec une attention câline; il sentait que son plan prenait tournure et qu'il allait peut-être réussir à l'exorciser.

— Vous avez un talent qui se fait de plus en plus rare : celui de la joie de vivre. Il faut cultiver ce don : je ne demande qu'à vous aider.

Et cependant, même avec toute l'Italie pour

alliée, Glendale sentait parfois qu'il livrait une bataille perdue et que, malgré toutes les splendeurs qu'il mettait à sa portée, malgré tous ses tours d'illusionniste, il ne parvenait pas à lui faire oublier l'essentiel : parmi toutes les joies dont la vie était si riche, elle savait fort bien quelle était la seule qui comptait vraiment. A Milan, après l'opéra, il n'ignorait pas vers quel coin obscur et mal famé de la ville elle se hâtait, après qu'il l'eut raccompagnée à l'hôtel et qu'il lui eut baisé avec résignation la main.

— Voulez-vous que je vous laisse ma voiture ?

— Non, cher Dicky, je vais prendre un fiacre. C'est moins voyant.

Il hélait un fiacre, l'aidait à monter et elle se rendait, brûlant d'impatience, pressant le cocher, à la Via Perdita, où Armand se cachait dans une bâtisse sombre, au fond d'un couloir nauséabond.

— Combien d'argent as-tu pu soutirer aujourd'hui à notre noble protecteur ? lui demandait-il moqueusement.

Mais elle n'était pas dupe de cette attitude de cynisme et savait qu'il souffrait de ses absences et de son intimité avec Glendale. Il dépendait d'elle entièrement, pendant son immobilité forcée, alors que la police le recherchait partout, et bien qu'elle eût garde de le montrer, elle était enchantée de sentir cette note de jalousie derrière ses bravades. Jamais il n'avait eu besoin d'elle et cela lui donnait enfin, et pour la première fois, le sentiment de le posséder totalement. Lorsqu'il la serrait contre lui avec une brutalité qui n'était qu'une façon de lutter contre son excès de tendresse, lorsqu'il murmurait parfois des injures qu'elle étouffait aussitôt sous ses baisers, il y avait dans son regard presque désespéré un aveu qu'aucun de ses sarcasmes, aucun de ses propos cyniques et désinvoltes ne parvenait à camoufler. Elle sentait qu'elle était en train de gagner, que Liberté, Égalité et Fraternité desserraient enfin leur étreinte et qu'Armand leur échappait. L'humanité n'était plus qu'un son de cor lointain au fond du bois, qui ne parvenait pas à franchir les murs. Il avait besoin d'elle et tout le reste n'était rien. Elle se penchait sur lui, sa chevelure dénouée ruisselant sur ses seins nus et sur le visage d'Armand, elle se sentait si soulagée, si gaie, si totalement délivrée de tout souci, si sûre, enfin, de le garder pour elle seule et pour toujours, qu'une vieille chanson des rues du Paris de son enfance lui venait aux lèvres et que la banalité éculée de cette humble ritournelle lui paraissait plus humaine que les plus hautes proclamations :

> *Je ne connais pas d'autre toujours*
> *Que mon amour*
> *Que mon amour*
> *Je ne vivrais pas un seul jour*
> *Sans mon amour*
> *Sans mon amour...*

Le Poète-Lauréat leva la tête avec stupéfaction : Lady L. chantait. Elle s'était arrêtée sous une branche de lilas en fleur et elle chantait en français, de cette voix si extraordinairement jeune qui allait aussi mal que possible avec ses cheveux blancs. Car la voix n'avait pas su vieillir et c'était un peu embarrassant. Et puis la chanson mourut sur ses lèvres et il y avait maintenant des larmes dans ses yeux, malgré le sourire, la main caressait tendrement la branche de lilas et Sir Percy détourna le regard, baissa la tête et commença à tracer des petits carrés avec sa canne sur le sentier.

Un soir, en entrant dans le taudis avec un faisan en gelée, des raisins et une bouteille de vin dans un panier, elle trouva Alphonse Lecœur et le jockey assis sur le lit, en train d'écouter Armand qui arpentait fébrilement la pièce. Il lui fit un signe distrait de la tête et Annette n'eut même pas à écouter ses propos pour savoir que son obsession s'était de nouveau emparée de lui. Lecœur, bien qu'il conservât encore toute sa force de taureau et son air sombrement arrogant et sûr de lui, arrivait alors au dernier stade d'une maladie connue qui se révélait seulement par ses pupilles dilatées. Il était assis là, avec une expression hébétée sur son visage rouge brique, et Sapper leva vers Annette son regard triste avant de le baisser vers sa cigarette : faisant confiance à sa solide constitution, Lecœur avait abandonné le traitement au mercure depuis des années. Il y avait un autre homme dans la pièce, un petit Italien déplumé et frétillant du nom de Marotti, qui se frottait continuellement et joyeusement les mains, comme s'il était sur le point de faire une excellente affaire. Ils étaient en train de mettre au point l'assassinat du roi Umberto d'Italie à la première du nouvel opéra de Verdi. Annette jeta son panier, éclata en sanglots et se sauva en courant. Les choses suivirent dès lors un cours qu'elle ne connaissait que trop bien : elle dut une fois de plus se dépouiller de ses bijoux, et tout l'argent — pas même le tiers de leur valeur — passa dans les préparatifs de l'attentat. L'affaire d'une paire de boucles d'oreilles que Dicky lui avait offerte était typique des rapports étranges qui unissaient Annette, Glendale et Armand. C'étaient des diamants relativement petits, mais admirables de pureté, un véritable chef-d'œuvre des tailleurs d'Amsterdam ; Annette les recueillait chaque soir dans le creux de sa main comme deux bestioles vivantes et gaies. Quand Armand les lui demanda, elle les enleva immédiatement et les lui tendit, avec seulement un gros soupir, et les boucles furent aussitôt vendues à la *Galliera*. Le lendemain, au dîner, Glendale jeta un coup d'œil à Annette et demanda de façon fort abrupte à qui les bijoux avaient été vendus. Il les racheta aussitôt et les lui remit. Les boucles d'oreilles ne tardèrent pas à retomber dans les mains du « Groupe d'Action » et reprirent le chemin de la *Galliera,* et Glendale, après avoir sermonné Annette, les racheta une fois de plus, non sans un peu d'irritation. Lady L. riait souvent en se rappelant comment, à trois reprises, les boucles d'oreilles avaient été rachetées au bijoutier ahuri, et comment, malgré toutes les promesses qu'elle faisait chaque fois avec son air le plus innocent, les joyaux étaient immanquablement remis par elle à Armand.

Glendale finit par perdre patience. Il fit une scène à Annette et, la laissant en larmes, monta dans son coupé jaune et noir connu de tout Milan et se fit conduire dans la nouvelle cachette des terroristes qu'il faisait surveiller constamment, par crainte que la police n'y effectuât une descente pendant que la charmante comtesse de Camoëns s'y trouvait auprès de son redoutable amant. Un tel scandale aurait sérieusement contrecarré ses projets et il veillait à la sécurité du terroriste avec une exaspération croissante que son sens de l'humour ne parvenait plus qu'imparfaitement à contrôler. Vêtu de sa pelisse noire, suivi de ses deux valets en livrée et haut-de-forme, il fit une entrée dramatique dans l'imprimerie clandestine où Armand était en train de faire fonctionner la presse, cependant que Marotti mettait la dernière main à un de ses pamphlets que les anarchistes déversaient alors sur le nord de l'Italie. Glendale descendit les marches de l'arrière-boutique, foudroya du regard l'honorable assemblée, s'approcha d'Armand, tira son portefeuille et demanda d'un ton sec :

— Combien vous faut-il, exactement, pour mener à bien l'assassinat d'Umberto ? Je suis prêt à assumer tous les frais de l'entreprise, mais je dois vous prier de laisser ses boucles d'oreilles tranquilles. Elle y tient. Considérons, si vous le voulez bien, que c'est un cadeau que vous lui faites.

Le mécanisme de la bombe placée dans la loge royale ne fonctionna pas et Umberto dut attendre jusqu'à 1900 pour se faire assassiner. Annette s'était d'ailleurs découvert à cette époque un certain penchant pour les rois et elle regrettait qu'il n'y en eût pas davantage. Elle comprenait parfaitement qu'il fallait en tuer un, de temps en temps, pour leur apprendre à bien se conduire et à ne pas exagérer, mais elle aimait bien le panache qui entourait leur entrée, la pompe et la musique, le décor de pourpre et d'or, les sabres au clair et les plumes, les tiares et les révérences, on en avait vraiment pour son argent. Elle était encore trop près de la rue pour ne pas se sentir enchantée par le spectacle de la royauté, lorsqu'il était bien présenté. Elle aimait les chevaux qui piaffent, les généraux empanachés et les cardinaux sur le parvis, elle avait un faible pour la pourpre cardinalice et, en général, trouvait que l'Église s'habillait vraiment bien. Il n'y a jamais assez de couleur, d'éclat et de jolis costumes dans le monde et les rois sont là pour le plaisir des yeux. Pour le reste, il n'y avait qu'à les empêcher de gouverner. Peu lui importait d'ailleurs qu'ils finissent tous sous la guillotine, pourvu qu'on les y menât en grand tralala.

La fibre terroriste était déjà assez forte en elle pour lui permettre de faire voler les choses en poussière avec un peu d'ironie et sans effusion de sang.

La première tentative pour se libérer du joug qu'elle subissait eut lieu peu de temps après l'incident des boucles d'oreilles et avant son départ avec Dicky pour le carnaval de Venise. Le nom d'Armand Denis figurait alors en tête de toutes les listes de police et ils devaient prendre d'infinies précautions pour se rencontrer. Un soir, alors qu'Annette venait de rejoindre son amant dans une voiture fermée, après le bal de la princesse Montanesi, elle remarqua qu'Armand la regardait d'un air sombre et méprisant. Elle n'avait pas eu le temps de se changer et, dans la lumière du bec de gaz, son cou, les lobes de ses oreilles, ses doigts et ses poignets étincelaient de tous les feux des émeraudes et des diamants que Glendale lui avait prêtés pour la soirée.

— Il faut bien que je joue le jeu, Armand, dit-elle timidement.

— N'empêche que ce luxe insolent est une insulte à tous ceux qui crèvent de faim dans le monde.

Ils roulèrent d'abord en silence dans les rues de Milan. Puis Armand cria soudain au cocher le nom d'un quartier où elle n'était encore jamais allée. Ils continuèrent leur course silencieuse, comme des étrangers. Annette se sentait malheureuse et désespérée : de toutes les angoisses qu'elle avait connues dans sa vie, la crainte de le perdre était la plus difficile à supporter. Lorsqu'ils furent dans les ruelles sombres et étroites du *Campo,* Armand fit

156

arrêter la voiture. Ils descendirent. Le clair de lune s'échouait sur les gros pavés et les flaques de boue. L'air sentait la vétusté et les détritus. Il n'y avait pas de passants. Une vieille mendiante était assise sur le trottoir, adossée au mur ; en les voyant apparaître, elle tendit aussitôt la main. Sans un mot, Armand arracha à Annette ses boucles d'oreilles, son collier, ses bracelets et ses bagues. Il se pencha sur la vieille immobile et lui fixa doucement, presque tendrement, les boucles aux oreilles, noua le collier autour de son cou décharné et réussit à passer les bagues et les bracelets à ses doigts et ses poignets déformés. Puis il lui posa la main sur l'épaule.

— Accepte-les, dit-il, avec un sourire d'une bonté, d'une douceur que Lady L. ne devait plus jamais oublier. Ils te reviennent de droit.

Sous le poids des pierres et de l'or, les mains de la vieille retombèrent lourdement sur ses yeux. Elle demeura un instant immobile, dévisageant Armand sans trace d'expression. Puis elle baissa la tête.

Quelque chose dans l'attitude de la pauvresse frappa soudain Annette. Elle se pencha sur elle. Les yeux étaient ouverts, mais la vieille femme était morte d'émotion. Annette se mit à hurler et s'enfuit en sanglotant.

Le lendemain, les journaux de Milan étaient pleins de ce qu'ils appelaient « le mystère le plus extraordinaire du siècle » : la découverte dans le quartier de *Campo* d'une vieille mendiante morte avec un collier sans prix autour du cou, des diamants de douze carats aux

157

oreilles, un scarabée d'or épinglé à ses haillons, et des bracelets d'émeraude et d'or sur ses poignets froids.

Les avocats de Glendale mirent deux ans à récupérer les bijoux, affirmant qu'ils avaient été volés dans le coffret de leur client à l'hôtel. Toutes sortes d'hypothèses furent formulées, mais le nom d'Annette n'apparut jamais ni dans les journaux ni au cours de l'enquête. L'écrivain italien Arditti prit ce fait divers comme point de départ d'un de ses romans les plus connus.

Annette passa la nuit à pleurer dans sa chambre. Elle eut de la fièvre et dut s'aliter. Pour la première fois depuis qu'elle connaissait Armand, elle avait peur de lui. Elle se sentait humiliée, méprisée, repoussée, et tout ce qu'il y avait encore en elle de violent, d'indompté, de passionné, toute sa féminité blessée la poussait à franchir ce pas qui sépare l'amour de la haine ; l'ironie ne suffisait plus, les attitudes, les jeux moqueurs perdaient leur sens et leur vertu protectrice ; elle s'abandonna à un tourbillon de passion, d'émotions, où des rêves de vengeance et de triomphe enfantins se mêlaient à un désespoir profond, à une peine dont ses sanglots ne parvenaient pas à la soulager. A peine remise, elle prit le train pour Côme et alla chercher refuge et consolation auprès du seul homme qui la comprenait vraiment et l'approuvait totalement.

— Je ne peux plus continuer ainsi, Dicky. Je ne peux plus. Je ne peux plus et... je ne *veux* plus...

Glendale pressa doucement la tête de la jeune femme en larmes contre son épaule. Ses traits impassibles et légèrement orientaux, aux yeux minces et un peu figés, avaient de la peine à dissimuler une expression de joie. Il avait l'impression extrêmement satisfaisante qu'il allait enfin réussir à voler *La Joconde* au Louvre.

— Je vous en prie, Dicky, aidez-moi... Il va me détruire... et... et je l'aime tant !

— Calmez-vous. Vous êtes tous les deux des passionnés, vous ignorez entièrement les latitudes tempérées, les seules où le bonheur humain se manifeste parfois avec quelque chance de durer. Chez lui, extrémisme de l'âme et des idées, chez vous celui du cœur, des sentiments... Très mauvais ça ! Les passions, celles du cœur comme celles des idées, finissent toujours par transformer le monde en une jungle. Souvenez-vous de ces vers de William Blake : *Tiger, tiger burning bright, in the forests of the night...* [1]. Je ne connais pas d'image plus magnifique et plus juste de la passion...

— Mais que faire, Dicky, que faire ?

— Voyons, mon enfant, c'est pourtant très facile ! Cessez de le voir. Pour vous éviter les premiers tourments, nous pourrions passer six mois en Turquie. Le printemps sur le Bosphore arrange bien des choses.

— Cela ne servirait à rien, Dicky. Ce n'est pas assez loin. Je reviendrais toujours en courant me jeter dans ses bras. Je ne peux pas

_____

1. Tigre, tigre feu qui luit / Dans les forêts de la nuit...

vivre sans lui... Mon Dieu, Dicky, qu'est-ce que je vais devenir ?

Glendale fit mine de méditer gravement.

— Ma foi, dit-il enfin, je ne vois vraiment qu'une chose que nous puissions faire. Nous n'avons pas l'embarras du choix, n'est-ce pas, étant donné la passion exclusive qu'il vous inspire. Il faut vous arranger de telle façon que nous n'ayons tout simplement pas la possibilité *matérielle* de le voir. Cela risque de nous paraître pénible au début, mais au bout d'un an ou deux, la vie étant ce qu'elle est, je suis sûr que nous parviendrons à surmonter le problème.

— Je vous dis, même la Chine, ce n'est pas assez loin. Je me connais.

— C'est-à-dire, ce n'est pas tout à fait ce que j'avais en tête, fit Glendale, avec bonté. Il me semble que la seule solution serait pour vous d'être séparée de lui par des murs épais et une surveillance stricte de tous les instants, pour qu'Armand se trouve dans l'impossibilité absolue de parvenir jusqu'à vous.

— Que voulez-vous dire ? Je ne peux pas passer mes jours dans une forteresse.

— Mais non, mais non, mon enfant. Pas vous. *Lui.* C'est très facile à arranger, vraiment. Nous pourrions fort aisément enfermer Armand dans une de ces vénérables prisons que les Italiens ont héritées des Autrichiens et qu'ils entretiennent si bien.

Elle le regarda avec horreur.

— Dicky, vous êtes un monstre ! Je vous l'interdis absolument ! Si vous le livrez à la police, je ne vous verrai plus jamais ! Et je me tuerai.

Il lui prit la main.

— Écoutez, Annette, réfléchissez bien. Ma santé n'est pas brillante... Les médecins me soupçonnent de vieillir. Je n'ai pas d'enfants. Quand je pense à mes jardins, mon amour, mes tableaux... Vous et moi, nous sommes tous les deux capables de nous attacher aux objets comme à des amis, de les aimer, de prendre soin de tout ce monde mystérieux et que l'on appelle inanimé... Les choses ne deviennent inanimées que lorsqu'on les abandonne, les objets pour se mettre à vivre ont besoin de regards, d'amitié... Lorsque je mourrai, tout mon univers familier sera dispersé, il s'en ira aux quatre vents... Cette idée m'est très pénible. Je voudrais que vous continuiez après moi à veiller sur mon petit monde enchanté. Je voudrais que vous m'épousiez.

Elle le dévisageait avec incrédulité.

— Dicky ! Vous ne savez même pas qui je suis.

— Je sais tout. Cela fait près d'un an que j'enquête sur votre passé et je ne crois pas qu'il me reste grand-chose à apprendre. Je peux vous dire mieux : il ne reste plus trace de votre passé. Cela m'a donné beaucoup de mal, mais quiconque chercherait l'extrait de naissance d'Annette Boudin à la mairie perdrait son temps. Et toutes ces pauvretés qu'on appelle naissance, noblesse, rang, je m'en moque éperdument, hargneusement même. Elles m'inspirent le plus total mépris. Ma femme était une

161

gitane qui dansait dans les rues lorsque je l'ai rencontrée et elle avait une race, une noblesse véritablement authentiques, celles qui viennent de la nature elle-même. La seule chose qui compte chez un être humain, c'est la qualité, et cela vous le possédez au plus haut point. Vous serez pour moi une compagne parfaite et l'héritière idéale de tout ce que je possède. Sans vous, mes tableaux ne représenteront plus que de l'argent, mes maisons se videront et sombreront peu à peu dans la laideur, mes jardins sentiront l'abandon et l'oubli... Nous ne pouvons pas faire cela aux choses que nous aimons, Annette : elles ont besoin de nous.

Elle était abasourdie et bouleversée : elle ne pouvait imaginer un hommage plus émouvant. Mais elle secoua la tête.

— Je voudrais tellement pouvoir dire oui, Dicky. Seulement, c'est impossible, ce serait malhonnête envers vous. Je ne peux pas vivre sans Armand. Vous savez ce que c'est.

Il l'embrassa sur le front.

— Oui, mon petit, dit-il, tristement. Oui. Je sais ce que c'est. Enfin... Allons à Ravenne.

Mais il lui avait laissé entrevoir une possibilité d'évasion et, toute la nuit, elle resta les yeux grands ouverts, fumant cigarette sur cigarette, bouleversée, désespérée aussi, rêvant de liberté et pourtant incapable de se libérer. Elle commençait à se rendre compte que l'amour pouvait devenir une cruelle servitude et que, pour s'en affranchir, il fallait avoir une force de volonté peu commune et dont elle, en tout cas, ne se sentait pas capable. Armand lui avait pourtant si bien appris que rien n'était plus précieux que la liberté et qu'il ne fallait pas hésiter à tout lui sacrifier, mais décidément, elle n'avait pas su profiter de ses leçons. Il fallait, songeait-elle en soupirant, se forger vraiment une âme de terroriste, passer à l'action directe, comme il le disait, se pénétrer enfin de l'enseignement qu'elle recevait et jeter une bombe pour se libérer de son tyran.

Lorsqu'elle le revit, à son retour de Ravenne, elle l'écouta avec une attention nouvelle et chercha, pour la première fois, à assimiler vraiment sa logique implacable, à se laisser gagner par la force de conviction qui émanait de cette voix vibrante, passionnée, envoûtante, lorsqu'elle dénonçait l'esclavage sous toutes ses formes et rejetait toutes les servitudes du cœur et de l'esprit. Lady L. savait aujourd'hui qu'il y avait une contradiction entre ce qu'Armand lui enseignait et sa façon d'être, entre cette liberté absolue qu'il invoquait et son propre asservissement à une idée. Il y avait une contradiction même entre l'idée de la liberté absolue et un dévouement absolu à cette idée. Il y avait une contradiction entre la liberté de l'homme dont il se réclamait et sa soumission totale à une pensée, une idéologie. Il lui semblait aujourd'hui que si l'homme devait être vraiment libre, il devait se comporter librement aussi avec ses idées, ne pas se laisser entraîner complètement par la logique, pas même par la vérité, laisser une marge humaine à toute chose, autour de toute pensée. Peut-être même fallait-il savoir s'élever au-dessus de ses idées, de ses convictions, pour demeurer un homme libre. Plus une logique est rigoureuse et plus elle devient une prison, et la vie est faite de contradictions, de compromis, d'arrangements provisoires et les grands principes pouvaient aussi bien éclairer le monde que le brûler. La phrase favorite d'Armand : « Il faut aller jusqu'au bout » ne pouvait mener qu'au néant, son rêve de justice sociale absolue se réclamait d'une pureté que seul le vide total connaissait. Mais elle n'avait que vingt ans, elle n'avait pas d'instruction, elle ne soupçonnait même pas la puissance destructrice que l'extrémisme de la logique pouvait atteindre aussi bien dans la vérité que dans l'erreur, elle n'avait pas encore vécu au grand siècle de l'idéomanie ; tout ce qu'elle savait était qu'il était tenu par une passion dévorante et qu'elle était obligée de se contenter des restes. Elle s'aperçut aussi qu'il parlait de l'humanité comme si c'était une femme et elle se mit à détester cette rivale sans visage, secrète, mystérieuse, tyrannique que les hommes ne parviennent jamais à satisfaire et dont le plus grand plaisir semble être de les pousser à leur perte. C'était rageant de l'entendre tout le temps parler d'une autre, de se pencher sur son amant et de voir ses yeux pleins d'une passion, d'un rêve, d'un besoin dont vous étiez complètement exclue. Il ne s'agissait pas d'elle dans ses tourments impérieux, fougueux, dans ses plans d'action téméraires, ce n'était pas pour elle qu'il vivait, qu'il souffrait, qu'il risquait sa tête. Toute cette virilité, ce corps si charnel, si chaleureux, fait pour la terre, avec ces cuisses et ces mollets puissants, ces reins souples et solides, ces mains rudes faites pour saisir et pour garder, appartenaient à une maîtresse indifférente, cruelle et insatiable, une princesse lointaine et méchante qu'il servait avec un dévouement total, dont le bonheur, le plaisir et la satisfaction étaient la seule chose dont il se souciât vraiment. « Elle », « Celle-là », « L'autre », c'est ainsi qu'Annette pensait à sa rivale ; elle s'était mise à voir en l'humanité une femme exigeante et impossible à satisfaire qui voulait lui prendre son amant. Oui, une princesse, une très grande dame, voilà ce qu'elle était, impitoyable, dure, avec des caprices terribles et un goût pour des jeux sanglants. Quant au reste, les idées, les causes, les théorèmes politiques, tout cela était trop compliqué et irréel, un peu dégoûtant, et du moment qu'il fallait jeter des bombes et assassiner pour arriver à faire « son » bonheur, c'est qu' « elle » était une sacrée vicieuse, elle savait bien qu'il y avait des hommes qui aiment ça et qui adorent les femmes qui les font souffrir et leur demandent l'impossible, et « elle » était sûrement de ces garces-là. Il fallait se garder surtout de la critiquer ouvertement, de faire la moindre remarque désobligeante, car Armand avait alors une façon de la regarder avec froideur, comme si elle avait insulté sa propre mère, qui désemparait Annette complètement.

— Les rois, les gouvernements, les polices, les généraux, voilà quel est chaque jour le sort de l'humanité, disait-il, en froissant avec colère un journal dans son poing. Elle est livrée à leurs appétits féroces, incapable de se défendre, cependant que la presse étouffe ses cris et que l'Église lui prêche la résignation.

Annette haussait les épaules.

— Peut-être qu'elle aime ça, qu'est-ce que tu en sais ?

Il lui jetait un regard d'une telle dureté qu'elle s'affolait immédiatement.

— Pardonne-moi, mon chéri, je ne sais plus ce que je dis. Il me reste tant de choses à apprendre...

« Comme c'est curieux, pensait-elle, en effleurant du bout des doigts son beau visage fervent, penchée sur ses yeux brûlants, hantés, blessés, comme c'est curieux, il est aussi irrésistiblement attiré par sa garce que je le suis par lui, il risque à tout moment d'être détruit par ce trop grand amour comme moi par le mien, il met la liberté au-dessus de tout et ne parvient pourtant pas à se libérer ; je critique son attachement aveugle et je suis incapable de me libérer du mien. »

Toutes ses résolutions s'évanouissaient dès qu'elle le voyait et lorsqu'elle le tenait en elle, son bonheur était d'une telle qualité que toutes les raisons admirables et si justes qu'elle avait d'en finir devenaient de pauvres fabrications théoriques entièrement dépourvues de réalité, et Armand lui-même, lorsqu'il l'étreignait, lorsqu'il goûtait enfin cette réalité vivante, accessible, atteinte, qu'il était possible de presser contre soi, cette plénitude vécue, tenue, enfin, ce rare moment d'absolu soudain maté-

166

rialisé, s'y abandonnait avec une telle vigueur et une telle tendresse passionnée qu'elle oubliait ce qu'elle savait pourtant si bien : que ce n'était là qu'un moment de répit, de repos sur une terre vraiment humaine que ce vagabond des étoiles s'octroyait. Ils se rejoignaient alors brièvement dans une banalité heureuse.

— Je t'aime, tu sais.

— Tais-toi, Armand, si elle t'entendait...

— Qui ça?

— L'autre.

— Comprends pas.

— Enfin, Armand, tu sais bien, voyons, l'autre. L'humanité.

Il riait en jouant avec ses cheveux.

— Tu exagères, tout de même. Tu parles d'elle comme d'une rivale.

— Elle a ses espions partout, tu sais. Ils sont capables de te dénoncer. Un tel jour, l'individu en question a aimé une femme, à tel endroit. Flagrant délit. Liberté, Égalité et Fraternité étaient là et peuvent témoigner.

— Et ensuite?

— Ensuite, je ne sais pas, moi. Tu seras condamné.

— Je plaiderai non coupable.

— Tu vois, tu ne m'aimes pas...

— Je dirai à l'humanité : j'aime une femme qui partage nos idées et qui est un compagnon de lutte fidèle, habile, résolu... Sérieusement, je vais te demander bientôt de nous aider. Nous avons le vent en poupe. On peut en juger par la sévérité de la répression. Les ouvriers en font les frais et se trouvent automatiquement rejetés vers nous.

Elle le regardait pensivement et soupirait.

« Mon Dieu, pensait-elle, pourquoi faut-il que j'aime un idéaliste, pourquoi ne suis-je pas tombée amoureuse d'un cochon comme tout le monde. On aurait été tellement heureux ! » Mais elle savait que ce n'était pas vrai. Elle était au contraire attirée par la beauté de cette flamme qui le dévorait, torturée par un désir impérieux, instinctif et très féminin de détourner vers elle cette tendresse qui était en lui, de la posséder, de ne pas laisser à une autre, fût-elle l'humanité tout entière, cet être exceptionnel, capable d'une telle ferveur, d'une telle fidélité...

— Pourquoi pleures-tu, Annette, voyons ?
— Oh, laisse-moi.

Le terrorisme atteignait alors, surtout en France, ses sommets. Des banquiers, des hommes politiques, parfois véreux, parfois innocents, étaient abattus dans les rues et dans l'enceinte même du Parlement, des bombes étaient jetées dans les lieux publics, dans les cafés fréquentés par les « pourris » : Glendale avait fini par retirer à Annette ce qui restait de ses bijoux. Armand se déplaçait constamment, ne couchant jamais deux fois au même endroit, gardé par des étudiants dont deux furent abattus en le protégeant ; elle ne savait jamais où et quand ils allaient se retrouver. Un billet la convoquait soudain à bord d'une barque de pêche sur le lac à Stresa, où elle trouvait Armand vêtu de la chemise rouge et coiffé du

168

bonnet bleu d'un *pescatore,* et elle passait la nuit couchée dans un filet de pêcheur comme une ondine captive. Puis c'était le silence pendant une semaine ou deux, cependant que les journaux annonçaient un nouvel attentat — une fillette avait été blessée dans la foule par un engin infernal, lors de l'inauguration de la nouvelle gare à Milan — et elle attendait, malheureuse, inquiète, indignée, prête à se révolter vraiment, cette fois, jusqu'à ce qu'un nouveau message la précipitât au *Campo Santo* de Gênes, où Armand surgissait soudain devant elle parmi les saints de plâtre et les anges pétrifiés. Ils se rencontrèrent également à plusieurs reprises dans la maison de Gabriele D'Annunzio dont la jeune renommée commençait alors dans le ciel de l'Italie son éblouissante ascension. Ils avaient fait connaissance d'une manière typique du D'Annunzio première manière, si l'on peut dire, puisqu'il travaillait à sa vie avec le même soin inspiré qu'à son œuvre poétique. Ils se promenaient sur le *Campo Santo,* un après-midi, lorsqu'ils s'aperçurent qu'un petit homme jeune et élégamment vêtu les suivait pas à pas parmi les monuments baroques du plus célèbre cimetière du monde. Pensant aussitôt à la police, Armand portait déjà la main au pistolet dissimulé sous son veston, lorsque l'inconnu s'avança et les salua avec une grande courtoisie, qui n'excluait du reste pas un rien d'insolence.

— Je m'appelle Gabriele D'Annunzio et je suis poète, dit-il. J'ai une requête à vous présenter et je vous prie d'avance d'excuser ce qu'elle peut avoir d'un peu insolite. Accepteriez-vous, Monsieur, et vous, Mademoiselle, de consacrer ma maison ?

Armand le toisa froidement.

— Je crains de ne pas comprendre ce que vous voulez dire.

— Je voudrais mettre ma maison — où je vis seul — à votre disposition, afin que l'amour et la beauté bénissent la nouvelle demeure d'un poète et inspirent l'œuvre que je vais y créer...

D'Annunzio raconte l'histoire autrement. Dans sa version, il avait offert sa maison à un couple d'amoureux sans ressources qu'il avait rencontré au *Campo Santo* de Gênes, au moment où ils s'apprêtaient à mourir ensemble. En lisant plus tard ce récit dans une lettre du poète, Lady L. fut fort amusée d'apprendre qu'elle était une jeune vendeuse de fleurs qui portait à son bras un panier de violettes de Parme qu'elle jetait sur « la terre froide qui devait recueillir leurs derniers baisers », et qu'elle avait « l'incomparable beauté d'un animal indompté ». Mais elle savait faire la part de la licence poétique, et elle était ravie, du reste, de s'entendre qualifier d' « animal indompté ».

Là-dessus survinrent deux événements qui amenèrent Annette à prendre la décision la plus cruellement logique de son existence et dont une des conséquences les plus heureuses fut de donner à la couronne britannique quelques-uns de ses plus solides piliers.

Un jour, répondant à l'appel pressant du

secrétaire de Glendale, elle se rendit chez son ami et fut introduite aussitôt auprès de lui. Allongé sur son lit, Dicky avait le visage gris et creux, ses pommettes paraissaient encore plus saillantes, ses yeux encore plus bridés ; aux marques de l'âge s'ajoutaient à présent celles de la maladie. Il tenait dans la main une miniature qu'il regardait avec une véritable tendresse et qui, elle, ne risquait pas de mourir : elle avait été peinte par Holbein. Deux hommes étaient à son chevet : le célèbre cardiologue Manzini et le signor Felicci, un antiquaire de Milan. Dès que les deux étrangers furent partis, Glendale sourit tristement à la plus belle de toutes les œuvres qu'il aimait tant, mais c'était une œuvre vivante douée d'une volonté et d'un esprit indépendants, ce qui rendait la vie d'un amateur d'art très difficile.

— Manzini m'accorde un an. Je crois qu'il me sous-estime, mais cela pourrait aussi bien durer deux ans que six mois. Mes neveux doivent déjà se pourlécher les babines et les quatre coups du destin de Beethoven seront frappés par un commissaire-priseur... Voulez-vous m'épouser ?

— Mais je ne peux pas, je ne peux pas ! s'écria-t-elle. Vous ne comprendrez donc jamais...

— Annette, la liberté est le bien le plus précieux qui soit sur terre, ainsi que tous les philosophes et tous les révolutionnaires dignes de ce nom n'ont cessé de nous l'enseigner. Vous ne pouvez pas rester esclave de cette passion jusqu'à la fin de vos jours. Vous auriez dû déjà profiter des leçons d'Armand ou vous êtes vraiment un disciple indigne. De toute façon, dans la jungle où il vit, sa passion idéaliste, ce tigre dont parle Blake, finira par le dévorer, et vous avec. Révoltez-vous contre votre tyran, puisqu'il est incapable de se révolter contre le sien. Secouez le joug. Libérez-vous. Même s'il vous faut pour cela lancer une bombe contre votre impitoyable maître. Pensez-y, mon enfant, et donnez-moi vite votre réponse.

Elle se mit à pleurer silencieusement, ne sachant plus où elle en était, à quel saint ou à quel diable se vouer. Elle sentait que c'était sa dernière chance et que le temps lui était compté. Dicky disparu, rien ne pourrait la sauver de la chute ; mais tout ce qu'elle put faire fut de secouer obstinément la tête.

Ce fut quelques jours plus tard que le destin lui vint en aide et lui imposa sa décision : elle se trouva enceinte d'Armand. Lady L. s'était souvent demandé ce que sa vie aurait été sans cette intervention de la Providence : Boldini et Sargent n'auraient pas peint son portrait, la race des Glendale n'aurait pas eu d'héritier, l'Église anglicane, l'Empire et le parti conservateur auraient perdu quelques-uns de leurs plus fidèles soutiens, et l'Angleterre une de ses plus grandes dames.

— A quoi tiennent les choses, tout de même, dit-elle, en regardant Sir Percy d'un air rêveur.

Le visage du Poète-Lauréat exprimait une incrédulité horrifiée, il s'était arrêté sur le sentier et serrait sa canne avec une telle force que Lady L. se demanda un instant s'il n'allait pas soudain décrire des moulinets en l'air pour chasser les démons moqueurs dont il se sentait sans doute entouré.

Dès que son état ne fit plus aucun doute, elle agit avec une détermination de fer, faisant taire son cœur, évitant même de penser et, ce qui était caractéristique de sa nouvelle disposition d'esprit, elle ne révéla pas sa grossesse à Dicky, malgré toute la confiance qu'elle avait en lui. Elle se refusait à prendre le moindre risque et se mit aussitôt à lutter farouchement et cruelle-ment pour l'avenir de son enfant, avec toute l'obstination instinctive des bêtes obéissant à la plus vieille loi de la nature.

Leur dernière entrevue eut lieu dans les îles Borromées, sur le lac Majeur. Les îles étaient encore à cette époque propriété des Borriglia, dont elle était l'invitée. Armand était venu au rendez-vous dans une barque, malgré les eaux agitées. Annette, en robe blanche, une ombrelle à la main, l'attendait depuis l'aube sur l'escalier de marbre qui menait au débarca-dère du port privé. Il la suivit sur le sentier parmi les buissons de roses : c'étaient les dernières roses de septembre, avec ce parfum à la fois raréfié et doux qui finit par venir aux fleurs comme la sagesse vient aux hommes.

Elle lui dit que Glendale comptait fermer sa villa en octobre, emportant en Angleterre tous ses trésors ; puisque le mouvement était, comme d'habitude, à court d'argent, c'était leur dernière chance de s'en procurer. Elle avait promis de passer le week-end à la villa, sur le lac de Côme ; il y avait quelques autres invités, mais elle se chargeait de verser du somnifère dans leur vin, et les domestiques n'allaient pas être difficiles à maîtriser. Naturellement, il fallait d'abord s'assurer que les plans de Glendale n'avaient pas changé. Lady L. se souvenait encore de la sensation de déchirement presque physique qu'elle avait éprouvée pendant qu'elle parlait. Elle se souvenait du bourdonnement des guêpes autour du rosier, du sentiment de désespoir profond, total, irrémédiable et aussi de rancune presque furieuse qui était en elle, un inextricable mélange où dominait tantôt la colère froide, ironique, aiguisée comme des griffes, tantôt la tendresse, la pitié, une volonté de protéger, de sauver et de tuer, pour ne pas souffrir, à laquelle succédait aussitôt un désir de faire mal, de punir, qui la bouleversait complètement. Pour rendre les choses plus difficiles, Armand s'était montré si tendre et si reconnaissant, si caressant, il avait l'air si gai et si plein d'espoir, il était tellement beau et elle éprouvait un tel bonheur à laisser errer son regard sur ses traits où il lui semblait déjà reconnaître ceux de l'enfant qu'elle portait,

174

qu'incapable de supporter plus longtemps ces
élans contradictoires qui l'affolaient, elle se jeta
dans ses bras et se mit à sangloter sur son
épaule. Elle fut sur le point de tout lui pardonner et de tout avouer : mais, heureusement,
avant qu'elle eût le temps de parler, et alors
que ses yeux imploraient déjà son pardon, le
jeune possédé fut repris par son démon, se
lança dans une admirable évocation du monde
nouveau qui attendait une humanité libérée de
toutes ses chaînes et sauvée de tous ses poisons,
et il improvisa un tel chant d'amour et de
fidélité à sa rivale, décrivant avec un tel
réalisme et une telle force de conviction les
luttes et les épreuves qui les attendaient encore
qu'un grand soupir emporta ses derniers scrupules et ses dernières hésitations.

    — D'ailleurs, une découverte scientifique de
la plus grande importance pour la révolution
permanente vient d'être faite, conclut Armand.
Un explosif facile à fabriquer et cent fois plus
puissant que tout ce que l'on connaissait
jusqu'à présent...

    — Quelle bonne nouvelle, dit-elle. Ça va
être merveilleux.

    — Nous allons pouvoir vraiment faire de
grandes choses, Annette. Une poignée d'hommes résolus suffiront à la tâche. Et face à la
bourgeoisie amorphe et pourrie, le pouvoir est
à prendre, il est à la portée des minorités
agissantes. Nous serons là.

    Elle ferma les yeux à demi et le regarda
tendrement et méchamment. La voix de son
vieux tentateur venait à son secours, insi-

nuante, convaincante : « Il faut vous révolter enfin contre votre tyran. Le moment est venu de profiter des leçons d'Armand ou alors vous êtes vraiment un disciple indigne... » Elle se détourna de lui, le sourire aux lèvres, l'ombrelle sur l'épaule, effleurant une rose rouge du bout de ses doigts gantés.

— Tous nos camarades sentent que cette découverte nous ouvre des perspectives nouvelles...

— Je n'en doute pas, mon ami, dit-elle.

Il ne restait plus en elle que l'ironie. Ce fut à cet instant précis, alors que les larmes tremblaient encore sur ses cils et qu'elle soulevait doucement du bout des doigts une rose vers la guêpe qui dansait, que naquit vraiment le personnage caustique, sophistiqué et un peu cruel de Lady L.

Elle se tourna encore une fois vers Armand et laissa errer longuement son regard sur ces traits dont sa mémoire seule allait pouvoir désormais lui restituer la mystérieuse et virile harmonie : « Vraiment, Dieu ne devrait pas faire ses ennemis si beaux », songea-t-elle avec un léger soupir, une main sur la branche d'un oranger, avec cette souplesse latente et féline du corps, plus perceptible encore dans l'immobilité que dans le mouvement, et il lui parut soudain que son regard sombre et brûlant venait déjà vers elle à travers les barreaux d'une cage.

> *Tiger, tiger burning bright*
> *In the forests of the night...*

murmura-t-elle.

— Que dis-tu ?

— C'est un poème de William Blake. Je prends des leçons d'anglais.

Quelle injustice ! Qu'il était donc cruel de sa part de la traiter ainsi, de l'obliger à recourir à des moyens si terribles ; elle ne le lui pardonnerait jamais, jamais... Elle prit dans sa manche son mouchoir de dentelle et le porta à ses yeux. Il l'attira à lui et se mit à rire.

— Allons, allons, Annette, dit-il. Ce n'est peut-être pas si grave que ça...

« Comment est-ce possible, se demandat-elle en le regardant attentivement, que pendant tant d'années il ait réussi à déjouer toutes les polices d'Europe, qu'il n'ait jamais été pris ? Il est vrai que la police est faite par les hommes et non par les femmes : ils ne savent pas s'y prendre, et voilà tout. » Il fut convenu qu'Armand et ses deux lieutenants arriveraient à Côme vendredi soir, c'est-à-dire le surlendemain. Ils passeraient la nuit dans la villa du comte Granowski, fermée et abandonnée depuis plusieurs mois, après la ruine au jeu et le suicide retentissant à Monte-Carlo de son propriétaire ; le samedi après-midi, Annette irait jeter une rose rouge derrière la grille de la villa, pour indiquer que tout allait bien et qu'il n'y avait pas d'imprévu. A dix heures, la compagnie entrerait dans la propriété de Glendale au bord du lac ; ils allaient ligoter les quatre domestiques et, après avoir rempli leurs sacs, les trois hommes retourneraient dans la villa Granowski, endosseraient des uniformes

177

d'officiers de cavalerie autrichiens et français
— le concours hippique annuel avait alors lieu
à Côme — et se rendraient à Gênes par le train
de minuit. De là, ils s'embarqueraient immédiatement pour Constantinople, qui était à
cette époque le meilleur marché du monde
pour écouler les objets précieux volés. Le nom
magique de Constantinople sonnait dans
l'imagination d'Annette d'un tel accent romanesque que, dès qu'Armand l'eut prononcé,
elle fut une fois de plus tentée de changer d'avis
et d'aider honnêtement Armand à piller la villa
de Glendale : elle se voyait déjà dans un caïque
doré sur le Bosphore, dans les bras de son
amant. Heureusement, un petit coup de pied
providentiel qu'elle ressentit à ce moment
précis dans son sein vint l'aider fort à propos à
reprendre ses esprits. Elle n'était pas à proprement parler croyante, mais il lui était parfois
difficile de ne pas se sentir entourée d'une sorte
de bonté protectrice qui veillait sur elle avec
une amicale approbation. Il lui arrivait d'ailleurs souvent d'imaginer Dieu comme une
sorte de Dicky tout-puissant, dont le sourire
mystérieux et bienveillant était répandu sur le
monde dans la beauté des fleurs et la douceur
des fruits.

Depuis, Lady L. s'était rendue à plusieurs
reprises à Istanbul, comme on appelait
Constantinople à présent, et elle aimait toujours autant cette ville au charme un peu
corrompu et sinistre ; mais naturellement, sans
Armand, ce n'était pas du tout la même chose,

ce n'était plus qu'un décor abandonné. Enfin, on ne peut pas *tout* avoir dans la vie.

Armand trouva comme convenu la rose rouge qu'elle avait jetée par-dessus la grille, à l'heure et au jour convenus. C'était une fleur artificielle en tulle. Annette l'avait arrachée à un de ses chapeaux. Les vraies roses durent très peu, et elle voulait qu'Armand pût garder dans sa prison quelque chose qui le ferait toujours penser à elle.

Les trois hommes pénétrèrent sans difficulté dans la villa. Deux étudiants russes de Genève, Zaslavski et Lubimoff, furent chargés de faire le guet devant la grille d'entrée. Annette avait laissé la porte ouverte ; Glendale avait copieusement drogué ses invités, parmi lesquels le consul britannique à Milan et le général von Ludekindt, capitaine de l'équipe impériale allemande au concours hippique, ainsi que deux autres personnalités distinguées, dont Lady L. avait depuis longtemps oublié les noms. Ils étaient tous écroulés autour de la table, à la lumière des candélabres, dans une atmosphère de festin de pierre, aux côtés des deux valets en livrée, du maître d'hôtel et d'un faisan en gelée ; pour plus de sûreté, Glendale avait également fait absorber sa potion aux domestiques, et même à son caniche Murat. On avait décidé que Dicky lui-même ferait seulement semblant d'être drogué : il devait faire attention à son cœur. Il s'était donc affalé dans son fauteuil dans une attitude convaincante et pittoresque, observant la scène du coin de l'œil : il trouvait son petit tableau vivant très réussi. Quant à Annette, elle s'était elle-même versé une dose de narcotique plus que généreuse : elle savait que sans cette précaution, elle n'aurait pas fermé l'œil de la nuit.

Après trois quarts d'heure d'un travail de tout repos, Armand, Alphonse Lecœur et le jockey avaient regagné la villa Granowski avec leur butin. A peine avaient-ils mis le pied dans le parc que vingt policiers s'étaient précipités sur eux de tous les côtés. Armand et le jockey furent aussitôt maîtrisés, mais Lecœur, poussant un terrible juron, parvint à tirer son vieux couteau d'apache et à porter à l'un des policiers un coup profond à la poitrine. Zaslavski et Lubimoff, qui s'étaient rendus directement à la gare pour retenir des places dans le train réussirent à prendre la fuite et firent plus tard parler d'eux au moment des attentats nihilistes en Russie : Lubimoff mourut en Sibérie, Zaslavski survécut, se rallia à la social-démocratie et joua un certain rôle dans l'entourage de Kerensky, qu'il suivit dans l'émigration. Les trois anarchistes furent emmenés à Milan et, pendant plusieurs jours, la nouvelle de l'arrestation d'Armand Denis et de ses complices fut triomphalement claironnée par tous les journaux; mais le seul chef d'accusation qui pût être finalement retenu contre eux fut celui de vol à main armée; de tout leur réseau démantelé, il ne se trouva pas un seul militant pour témoigner contre eux; de plus, le jury craignit des représailles; le verdict de quinze ans de travaux forcés finalement rendu fut considéré comme un véritable acquittement moral et accueilli avec des huées indignées par tous les bien-pensants aussi bien en France qu'en Italie, d'autant plus que les exploits de Ravachol venaient à point pour rappeler aux amis de l'ordre que le temps des assassins était loin d'être fini.

Le Poète-Lauréat était à ce point outré par l'histoire scandaleuse que Lady L. l'obligeait à subir qu'il s'efforçait à présent de l'écouter le moins possible. Il essayait de penser à quelques-unes de ces choses réconfortantes et claires dont sa vie était faite, appelant à son secours les images d'un univers familier et sûr que rien ne pouvait ébranler : l'entrée du Boodle's, dans Saint-James, les scènes du dernier match de cricket contre l'Australie, la couverture du *Times* avec la paix rassurante et un peu hautaine de ses petites annonces, que le plus sérieux journal du monde publiait résolument sur toute sa première page, avant les éditoriaux et l'actualité mondiale, comme pour remettre l'Histoire à sa place, avec ses guerres et ses désastres, ses questions de vie ou de mort, d'esclavage et de liberté. Une attitude réellement aristocratique, même un peu nihiliste, à bien y penser, si bien dans la grande tradition terroriste de l'humour anglais, qui ne permettait pas à la vie de venir trop près de vous pour vous importuner, et aussi dans celle de Lady L., première manière, lorsqu'elle savait faire passer avec cette froideur souriante des vrais seigneurs ce qui n'était pas important avant ce qui l'était. Mais il avait beau faire des efforts pour se persuader que toute cette histoire n'était qu'une fable, il commençait malgré tout à y déceler un affreux accent de vérité. Il avait connu un peu Glendale, un être fantasque et capable des pires errements, qui avait toujours donné de grands soucis à la Couronne. N'était-il pas allé un jour jusqu'à offrir au prince de Galles un coupe-cigare en or, en forme de guillotine? Ce qu'il y avait peut-être de plus pénible, c'était la nonchalance, la cruauté même avec lesquelles Lady L. poursuivait son récit, faisant fi de sa sensibilité, et surtout des sentiments profonds qu'elle lui inspirait et qu'elle ne pouvait ignorer, bien qu'il eût toujours su les voiler de la plus parfaite discrétion. Depuis près de quarante ans, il l'aimait avec une telle constance qu'il lui paraissait parfois qu'il n'allait jamais mourir, simplement parce qu'il ne pouvait imaginer que sa tendresse pour elle pût avoir une fin. Et voilà à présent qu'elle s'efforçait délibérément de le blesser, de détruire l'image admirable qu'il portait dans son cœur et qu'elle paraissait même prendre un véritable plaisir à peindre d'elle-même un portrait tellement indigne de son rang social et de sa renommée! Quelques pas à peine les séparaient encore du pavillon qui dressait sa coupole pointue dans le ciel bleu, et Sir Percy se demandait avec un malaise croissant ce qui l'attendait derrière les treillages couverts de roses sauvages et de lierre qui dissimulaient l'entrée. Toute cette atmosphère de lieu de rendez-vous secret l'inquiétait et l'offusquait légèrement. Il y avait d'ailleurs partout des statues de Cupidons batifolant avec leurs arcs et leurs flèches, le derrière en l'air, parmi les rosiers et les lilas ; une atmosphère de douceur insinuante et si chargée de senteurs régnait dans ce coin que les papillons eux-mêmes paraissaient flotter avec une langueur voluptueuse : le Poète-Lauréat serra fermement le pommeau de sa canne et ne put s'empêcher de se comparer à Sir Galahad perdu avec sa lance dans quelque jardin ensorcelé.

— Mon mariage fut célébré avec le plus grand éclat, reprit Lady L. Nous allâmes vivre en Angleterre, où mon fils vit le jour. Dicky vécut plus longtemps que ne l'avaient prévu ses médecins et peut-être y fus-je pour quelque chose. La famille royale commença par froncer les sourcils, bien entendu, mais mon arbre généalogique que Dicky avait fait établir par une des sommités de l'époque se révéla très convaincant, ainsi que mes papiers de famille et les portraits de mes ancêtres — la découverte de celui de mon trisaïeul, Gonzague de Camoëns, peint par le Gréco et authentifié à l'unanimité par tous les experts fut, comme vous le savez, un des grands moments de l'histoire de l'art, au tournant du siècle — on retrouvait mes traits à travers les âges avec une ressemblance émouvante, j'avais vraiment l'impression d'avoir été mêlée aux heures les plus glorieuses de l'humanité. Les milieux de la

Cour se montrèrent donc finalement beaucoup moins réticents que je ne le craignais. Dicky en conçut d'ailleurs quelque humeur, et ce fut bien par amour pour moi qu'il se consola de cette absence de scandale. Le prince de Galles fit savoir qu'il me trouvait charmante et, bien que je n'eusse jamais été reçue au Palais de Buckingham jusqu'à la mort de la reine Victoria, ce fut beaucoup plus à cause de sa petite guerre privée avec Dicky qu'en raison de ma personne. Je pris mes devoirs très au sérieux. Je dépensais beaucoup d'argent. Je m'entourais d'un luxe rare même à cette époque, ce qui n'était pas tellement dans ma nature ; c'était surtout une manière de lutter contre ma rivale, de la défier, de chasser le souvenir de la seule richesse véritable que j'eusse connue. Je faisais vivre des centaines de familles démunies, mais j'allais toujours d'abord voir si mes pauvres avaient des têtes qui me revenaient : je ne voulais rien faire pour l'autre, cette humanité abstraite et anonyme, sans visage et sans chaleur, qui rôdait autour des hommes de bonne volonté et les dévorait pour tenter en vain de nourrir son besoin d'absolu. On dit qu'il est des femmes insatiables qui finissent par dévorer, à force d'amour, les hommes qu'elles convoitent ; si cela est vrai, l'humanité mérite vraiment son féminin. Ce luxe n'était pas cynisme, mais je crois qu'il y entrait une bonne dose de nihilisme, même de néant. Je continuais à m'expliquer avec mon mangeur d'étoiles. Ce n'était pas vraiment une proclamation de foi : c'était plutôt un état d'insurrec-

184

tion permanent, un extrémisme de l'âme qui devait trouver après la Première Guerre mondiale, dans le surréalisme, une forme d'expression artistique tout aussi désespérée. A Glendale House, j'avais cent quarante domestiques, dont la moitié nous suivait lorsque nous allions à Londres pour la saison d'hiver ; ma vie était une succession de bals, de soirées au théâtre, de réceptions. Je me laissais aller à ce tourbillon moins pour m'amuser que pour — comment vous dire ? — irriter encore plus Armand. Dicky grognait bien un peu, mais il était enchanté de l'accueil qui m'était fait partout, du respect grandissant dont j'étais entourée : il pensait à mes débuts, rue du Gire, et un bon sourire éclairait son visage. C'était vraiment un anarchiste-né. Je crois que je le rendais heureux. Il m'arrivait souvent de rêver de mon tigre noir, mais il me suffisait alors de prendre mon petit garçon dans mes bras et de l'entendre rire pour savoir que j'avais bien fait et pour chasser mes remords et mes regrets. Je devins rapidement une des femmes les plus recherchées et les plus admirées de mon temps ; les esprits les plus brillants d'Europe se pressaient dans mes salons ; on discutait à ma table des affaires d'État, et on écoutait avec empressement mon avis. Personne ne se doutait que ces collections fabuleuses dont je m'entourais me laissaient secrètement indifférente, et que je leur préférais le bric-à-brac des objets sans valeur que j'accumulais peu à peu dans le pavillon oriental de fort mauvais goût que j'avais fait bâtir dans un coin du jardin. Mais

je continuais mon duel avec ma rivale et avec
son soupirant, et ma collection de tableaux,
mes bijoux, mes jardins et mes villas furent
bientôt, à ma grande joie, cités comme un
exemple de la décadence et de la corruption de
l'aristocratie par toutes les bonnes feuilles
anarchistes. Un peintre qui faisait mon portrait était aussitôt assailli de commandes ; un
virtuose invité à donner un concert dans mes
salons se considérait arrivé. Les écrivains me
dédiaient leur œuvre. Lorsque je faisais preuve
de quelque excentricité de goût, ou même de
mauvais goût, cela lançait simplement une
nouvelle mode. Bref, je faisais de mon mieux.
Lorsque Dicky mourut, six ans après notre
mariage, je pris soin de tout ce qu'il aimait, et
le monde silencieux des choses, des objets,
devint de plus en plus mon refuge et mon ami.
J'épousai Lord L. — les bons serviteurs devenaient déjà très rares — et je l'aidai dans sa
carrière politique ; le parti conservateur, le
parti de l'étroitesse d'esprit et des philistins,
voyait en moi son plus fidèle soutien et n'avait
rien à me refuser. Je goûtais beaucoup l'inexistence de leurs idées, la pauvreté de leur
imagination et l'inanité de leurs exorbitantes
précautions : je sentais combien ils enrageaient
ma rivale, l'humanité, et je fis naturellement
alliance avec les ennemis de mon ennemie.
J'appris beaucoup de choses. Je passais mes
nuits à lire et les livres devinrent pour moi une
merveilleuse compagnie. Les idées libérales
m'attiraient beaucoup par leur bon sens et leur
modération, mais je savais me retenir, il n'était

pas question de me laisser aller à mes penchants. Mon fils était un adorable enfant, avec des yeux sombres et ardents : il devait se demander souvent pourquoi sa maman, après l'avoir longtemps dévisagé, éclatait soudain en sanglots. Je faisais tout ce que je pouvais pour m'exorciser, pour tenter d'être heureuse : concerts, ballets, expositions, voyages, livres, amitiés, fleurs, animaux — j'ai tout essayé. Mais mes épaules étaient parfois la chose la plus froide et la plus abandonnée du monde. Pendant près de huit ans, je livrai ainsi à ma rivale une bataille frivole et désespérée de tous les instants. Et puis, une nuit...

CHAPITRE XI

La fenêtre était ouverte. Le parc avait disparu dans l'obscurité ; s'il y avait des étoiles, la nuit les gardait pour elle. Lady L. était assise dans un fauteuil, les yeux fermés, écoutant les échos lointains de Scarlatti qui semblaient venir du passé. Elle avait quitté la salle de concert et ses invités pour aller boire un verre de xérès et fumer une cigarette. Pour être seule, surtout, après trop de sourires et trop de propos gracieux. Elle avait demandé au quatuor Szilagi de donner un concert chez elle, mais depuis quelque temps il était arrivé quelque chose à la musique, elle paraissait faite de regret ; sa beauté même était une sorte de reproche que le silence ensuite ne faisait que prolonger. Lady L. avait appuyé la tête contre un coussin. La cigarette se consumait entre ses doigts.

Elle entendit une toux discrète et ouvrit les yeux. Elle était pourtant toujours seule dans le salon. Elle regarda plus attentivement autour d'elle et aperçut sous le lourd rideau de velours rouge le bout d'un gros soulier crotté. Elle le

188

contempla un instant avec étonnement, mais sans la moindre appréhension : il fallait un peu plus que la présence d'un homme caché derrière un rideau pour lui faire peur. Même lorsque le rideau s'écarta et qu'un inconnu s'avança vers elle, elle n'éprouva qu'un léger agacement : les gardiens du parc faisaient mal leur travail. C'était un homme corpulent, aux bras courts, aux mains blanches et nerveuses, aux traits ronds, brouillés par l'anxiété ; il la dévisageait avec une expression où la crainte et l'arrogance se mêlaient à cet air d'indignation stupéfaite qui finit par venir à certains hommes bien intentionnés, à force de déboires nombreux et variés. Elle baissa les yeux sur ses pieds : ils étaient vraiment énormes, et les souliers couverts de boue semblaient particulièrement lourds sur le tapis de Chine. Le pardessus était crotté également : il avait dû faire une chute en escaladant un mur. Bref, nous avons eu bien des malheurs. Elle remarqua aussi que le visiteur n'avait pas ôté son chapeau — sans doute une manifestation de défi — et qu'il continuait à la dévisager avec cet air blessé, scandalisé, de l'éternel protestataire qui faisait de son regard bleu une véritable revendication sociale.

— Gromoff, Platon Sophocle Aristote Gromoff[1], humble serviteur de l'humanité, dit

1. En réalité, P.S.A. Thomas, fils d'un organiste de la cathédrale de Chichester, membre du groupe *Action* fondé par Kropotkine en Angleterre. Les anarchistes, comme plus tard les danseurs de ballet, prenaient déjà à cette époque des pseudonymes russes.

soudain l'intrus d'une voix rauque et curieusement désespérée, comme s'il abandonnait toute prétention à l'existence au moment même où il l'affirmait. Scarlatti, n'est-ce pas ? Grand amateur de musique moi-même, de *bel canto,* ancien pupille du grand Hertzen, de Bakounine, ancien premier baryton de l'Opéra de Covent Garden, chassé ignominieusement pour avoir refusé de chanter devant les têtes couronnées...

Lady L. l'observait froidement, avec une sorte d'intérêt glacé. C'était un soulagement, après toutes ces années passées parmi les étrangers, de rencontrer quelqu'un qu'elle connaissait vraiment : elle pensa soudain à son père, mais sut dominer son hostilité. L'homme fit quelques pas en avant d'une démarche de canard ; ses petits yeux bleus et tendres, son visage mouillé de sueur et effrayé lui donnaient l'air pathétique d'un chanteur interrompu en pleine romance par un seau d'eau froide. Elle porta la cigarette à ses lèvres, plissa les yeux et exhala la fumée. Elle commençait à s'amuser.

— Une affaire très délicate, un message de la plus haute importance, une question de vie ou de mort, littéralement... Simple boîte postale au service de l'humanité... L'homme se fera. Libéré de toutes les entraves, heureux, lumineux dans la fraîcheur de sa nature retrouvée... Enfin. Pas commode d'arriver jusqu'ici, des chiens qui aboient, la nuit noire, me voilà, cependant ; ai fait, comme toujours, de mon mieux. Un verre de vin serait très apprécié.

Lady L. savait qu'un invité ou un domestique pouvait entrer à tout moment et, par souci des convenances, il lui fallait malheureusement mettre fin à ce divertissement. Car elle s'amusait beaucoup. Après tant d'années d'étiquette, de bonnes manières, de société polie et empesée, l'air déchu de cet homme, son mélange de peur et de défi, et même ses lourds godillots crottés sur le tapis, étaient comme une bouffée d'air frais. Mais elle ne pouvait se permettre de prolonger cet intermède. Il ne pouvait être question de se laisser surprendre en train de sourire à ce personnage peu ragoûtant comme à un vieil ami retrouvé. Elle fronça les sourcils et leva la main vers le cordon de la sonnette. Alors, avec une rapidité de prestidigitateur, l'homme ôta son melon et en tira une rose de tulle rouge qu'il leva très haut au bout du bras.

Lady L. contempla la rose sans broncher. Son visage demeurait indifférent, avec à peine une trace de sourire amusé. Mais tout son corps semblait l'avoir soudain abandonnée : un vide total, où rien ne subsistait, sauf les battements violents de son cœur. Les mots de son ami Oscar Wilde : « Je peux résister à tout, sauf à la tentation », retentirent à ses oreilles. Elle tendit la main. Platon Sophocle Aristote Gromoff parut prodigieusement étonné : il n'avait pas l'habitude de réussir. Tout ratait toujours, rien ne se faisait, tout n'était que malentendus, erreurs et contretemps, indifférence et moquerie, mais on continuait à croire, à aimer tendrement, à s'immoler. L'humanité avait le pouvoir mystérieux d'inspirer ces amours indestructibles, qu'au-

191

cun échec, aucune tarte à la crème, aucune
dérision sophistiquée ne pouvait jamais ébranler : c'était vraiment une très grande dame qui
pouvait tout demander à ses soupirants. Ce
clown lyrique était venu là pour faire son
humble travail de celui-qui-reçoit-les-gifles,
pour être rossé et jeté dehors, et voilà qu'à
présent quelque chose prenait tournure, tenait
debout, aboutissait, avait un sens, une réalité.
Son visage s'éclaira, il lui donna vite la rose,
poussa un soupir de soulagement, eut un
sourire malin et naïf, s'approcha hardiment du
guéridon, en se frottant les mains, et se versa
un verre de xérès.

— A la beauté de la vie! dit-il, en levant le
verre. Pour une humanité sans classes, sans
races, sans patries, sans maîtres, fraternellement unie dans la justice et l'amour. *Cheers*.

— Eh bien, et ce message? demanda
Lady L. rudement. Vous feriez mieux de tout
me dire, mon bon ami, il est trop tard pour
reculer. Parlez, sinon je vous fais fouetter au
point que vous regretterez d'avoir eu des fesses.
Quel est donc ce fameux message, et de qui
vient-il? J'attends.

Platon Sophocle Aristote Gromoff parut
complètement désorienté. Il cligna un instant
les yeux, la carafe dans une main, le verre dans
l'autre, hésita encore, puis se mit à parler avec
une sorte de courage désespéré, comme un
homme qui se jette à l'eau sans être sûr de
pouvoir nager. Deux de ses amis — combat-
tants d'une cause sacrée, qui avaient passé huit
ans au fond d'un cachot — avaient réussi à

s'évader et à gagner l'Angleterre, où ils espéraient trouver aide et protection — une promesse avait, paraît-il, été faite et devait être tenue... On avait donc pensé que Sa Grâce aurait peut-être la bonté de donner un bal costumé chez elle, dans quinze jours exactement... Quelque chose de très élégant, de très huppé, ces dames viendraient évidemment parées de leurs plus beaux bijoux — une soirée comme seule Sa Grâce savait en donner — valses et feux d'artifice, foie gras, champagne et perdreaux sur canapé — enfin, il ne se permettrait pas de donner des conseils, encore moins des ordres, simple boîte postale au service de l'humanité, il transmettait un message, voilà tout... Certaines personnes qui se trouvaient en ce moment fort démunies pourraient alors se joindre à la mascarade et...

Il se tut et vida encore un verre de xérès, regardant de côté, visiblement épouvanté d'avoir osé. Lady L. réfléchissait rapidement. A une absence totale d'appréhension venait se mêler un sentiment de joyeuse impatience, presque d'exaltation : elle allait enfin revoir Armand et tout le reste n'était rien.

— Ce fut vraiment un merveilleux moment, Percy. J'avais soudain l'impression que tout allait m'être enfin rendu. Nous allions partir ensemble pour Sorrente, ou Naples, ou peut-être plus loin encore, Istanbul, dont notre ambassadeur en Turquie venait de me faire une description admirable au cours d'un dîner. Dans un caïque sur le Bosphore, avec Armand, pouvez-vous imaginer quelque chose de plus enivrant? Dans ma situation, je pouvais à présent tout lui offrir, l'entourer de tout le luxe qu'il était possible d'imaginer, j'allais pouvoir l'entretenir comme il le méritait, lui donner un cadre digne de lui. Naturellement, je savais bien qu'il allait falloir tuer quelqu'un, de temps en temps — je préférais, autant que possible, que ce fût un président de la République, plutôt qu'un roi, tout de même, à cause de mes relations —, qu'il allait falloir s'interrompre, parfois, pour faire sauter un pont ou dérailler un train, mais cela aussi était un luxe que je pouvais maintenant me permettre sans trop de danger, il ne pouvait venir à personne l'idée de me soupçonner. Je lui en voulais encore un peu, les huit années de solitude auxquelles il m'avait condamnée n'étaient pas faciles à oublier, il avait été vraiment très cruel avec moi, et vous pouvez m'accuser de frivolité et de faiblesse, si vous voulez, mais j'étais prête à tout pardonner. A travers les propos confus et prudents de Gromoff, les ordres d'Armand m'apparaissaient clairement : il s'agissait de délester le Tout-Londres de ses bijoux, et on comptait sur moi pour la liste des invités. Je crus entendre la voix ironique de Dicky me murmurer à l'oreille : « Eh bien, étant donné que nous n'avons pas le choix, essayons au moins de nous amuser un peu... »

Les échos de Scarlatti continuaient à lui parvenir de la salle de concert. Gromoff avait passablement bu, et il marquait la mesure avec la tête et avec son verre. Puis la musique se tut et les applaudissements éclatèrent.

— Vous dites qu'ils sont deux?

— Deux. Un grand homme... un homme très célèbre, et un tout petit Irlandais avec un cou tordu. Ils étaient trois, mais il y en a un qui est mort en prison...

— Le pauvre, dit Lady L. Eh bien, tout cela est très intéressant. Dites-leur que je vais y réfléchir. Revenez me voir la semaine prochaine. Sans vous cacher, et bien habillé. Tenez...

Elle ôta une bague de son doigt et la lui tendit.

— Vendez-la. Et maintenant, filez.

Il posa son verre vide sur le guéridon, fit une courbette et se dirigea vers la fenêtre. Il avait les pieds plats. Avant de sortir, il se retourna, soupira et s'apitoya soudain sur lui-même.

— Pauvre Gromoff, dit-il. Jamais par la porte, toujours par la fenêtre, et toujours dans la nuit !

Là-dessus, il disparut.

Lady L. rejeta la tête en arrière. La musique avait repris dans le salon et on entendait dans le lointain des accords de Schumann. Un léger sourire errait sur ses lèvres et ses yeux mi-clos regardaient la rose de tulle rouge qu'elle tenait à la main.

CHAPITRE XII

Le Poète-Lauréat se tenait très droit dans le fauteuil victorien, dont les charmants motifs brodés représentaient les lions, les toutous, les biches et les colombes, tendrement mêlés dans la douce intimité du paradis terrestre. Sir Percy n'avait jamais pénétré dans le pavillon d'été et il promenait à présent autour de lui un regard soupçonneux, teinté de désapprobation. L'atmosphère du lieu était tout à fait déplaisante. Il y avait, par exemple, un grand lit, parfaitement scandaleux par ses dimensions, doré, oriental, insistant, qui sentait le harem et même pire, surmonté d'un baldaquin et surtout d'un miroir qui n'avait vraiment rien à faire là. Il évitait de le regarder, mais le maudit meuble vous crevait littéralement les yeux et le miroir paraissait même avoir une espèce de sourire cynique. Tout cet endroit était du reste d'un goût douteux et avait quelque chose de bizarre, de morbide même. Il y avait partout des portraits de guerriers moustachus et barbus, probablement turcs, penchés sur des captives pâmées, des icônes russes où les traits dessinés au fusain d'un jeune homme sombre d'une grande beauté avaient remplacé les visages des saints, des masques, des narguilés, une robe espagnole d'un autre temps sur un mannequin d'osier, beaucoup trop de coussins moelleux, ainsi qu'un curieux paravent entièrement fabriqué avec des cartes à jouer : des centaines de dames de pique collées les unes à côté des autres et qui paraissaient vous dévisager de leur œil noir, plein de funestes présages. Il y avait aussi partout, naturellement, les museaux des animaux familiers de Lady L., peints fort irrévérencieusement par-dessus les visages humains, sur les portraits de famille de Lord L. Des chiens, des chats, des singes, des écureuils, des perroquets en costume de cour toisaient fièrement Sir Percy Rodiner du haut de leur cadre doré. C'était là un des passe-temps favoris de Lady L. : il l'avait vue passer des heures à peindre l'image de quelque toutou qui venait de décéder sur la physionomie d'un des ancêtres distingués de son époux. Des chats en armure, des chats à cheval en uniforme des lanciers du Bengale, des chats en tenue d'amiral sur leur passerelle à Trafalgar, observant la flotte de l'ennemi à la longue-vue, des chèvres en uniforme et bonnet de fourrure des grenadiers de la Garde, tenant fièrement dans une patte un parchemin jauni où l'on pouvait distinguer encore la noble devise *Je maintiendrai,* des perroquets surimposés aux traits dignes d'une arrière-grand-mère, têtes angéliques d'une portée de chatons peintes sur la photo du groupe de ses petits-enfants à côté de leur nurse transformée en guenon, et un superbe matou noir, représenté dans une attitude particulièrement audacieuse, à cheval, sabre au clair, serrant ferme dans sa queue voluptueusement enroulée l'étendard d'un des plus illustres régiments de Sa Majesté.

— Ça, c'est mon amour Trotto, remarqua Lady L. Le pauvre chéri mène la charge de la Brigade légère, en Crimée. C'est un des moments les plus glorieux de notre Histoire, vous savez.

Sir Percy lui lança un coup d'œil désapprobateur. Lady L. était assise dans un grand fauteuil baroque péruvien, pourpre et or : le siège était dominé par une gueule de lion et ses bras se terminaient en pattes griffues. Elle paraissait un peu émue, comme toujours lorsqu'elle évoquait la mémoire d'un de ses chers disparus. Le Poète-Lauréat tournait la tête de côté et d'autre, avec l'air sévère d'un homme courageux, mais sur ses gardes. Il se défendait mal contre une impression de danger, de péril secret. L'atmosphère du pavillon avait quelque chose d'oppressant, de légèrement sinistre. C'était peut-être en partie dû au manque d'air frais, si bien que chaque objet poussiéreux, chaque bout d'étoffe, chaque morceau de bois vous imposait sa présence physique, son odeur vieillotte et sèche, qui semblait vous solliciter. Les persiennes étaient fermées et le peu de lumière qui parvenait à se glisser à l'intérieur ne faisait que souligner la bizarrerie du lieu et l'étrangeté des objets qui l'encombraient. L'idée de quelque péril latent était parfaitement absurde, et pourtant il était difficile de l'écarter. Sir Percy Rodiner se demanda soudain si les amis anarchistes de Lady L. n'avaient pas utilisé jadis le pavillon pour y entreposer leurs bombes. L'endroit s'y prêtait admirablement : les explosifs pouvaient être cachés n'importe où, dans l'armoire de Zanzibar, peut-être, incrustée d'ivoire et de nacre, ou dans le coffre-fort bordé de cuivre, noir et trapu, où les banquiers de Madras avaient l'habitude de garder leur or, et que Glendale avait rapporté d'un de ses voyages en Orient.

— Bon, fit-il d'un ton bourru, s'efforçant de cacher son malaise grandissant. Et qu'avez-vous fait alors ?

Il croyait à présent à chaque mot de son histoire : l'atmosphère du lieu lui conférait un curieux accent de vérité. Il jeta de nouveau un coup d'œil furtif au lit : un meuble singulièrement déplaisant et qui n'avait vraiment que faire en Angleterre.

— C'est un lit tunisien, dit Lady L. Je l'ai acheté moi-même à Kairouan. Il vient directement du harem du Bey et...

— Qu'avez-vous fait alors ? riposta vite Sir Percy, pour s'épargner l'on ne savait quels autres détails qui risquaient fort de lui être assenés.

— Deux semaines pour donner un bal costumé vraiment réussi, c'est bien peu. Je fus donc vraiment très occupée. Et pour tout arranger, le prince de Galles nous annonça sa gracieuse intention de venir passer le week-end chez nous, en revenant de Bath, ce qui signifiait une suite d'au moins vingt personnes, dont Miss Jones, naturellement, et deux jours perdus en balivernes et petits soins. J'avais évidemment cent quarante domestiques, sans compter mon mari, mais je devais quand même m'assurer personnellement qu'Eddie avait bien ses aises, que l'étiquette était scrupuleusement observée, sous une apparence d'aimable laisser-aller — toutes les règles du jeu, quoi. C'était vraiment assommant. Mais je vivais dans un état second d'heureuse impatience : j'allais enfin revoir Armand et, ainsi que je vous l'ai dit, rien d'autre ne paraissait compter. Je me demandais comment il avait supporté notre cruelle séparation, s'il allait me trouver changée, s'il aimait toujours l'humanité avec cette passion totale qui me laissait une si petite place dans son cœur, ou si ma rivale avait fini peut-être par perdre un peu de son charme à ses yeux désenchantés après la leçon qu'elle lui avait donnée. Je n'osais pas trop y compter, et pourtant, même les plus grands poètes finissent par se lasser de la lune, et il y avait des moments où je me sentais sûre qu'il allait me prendre dans ses bras et me demander tendrement pardon pour tout le mal qu'il m'avait fait. J'ai passé un temps fou à établir la liste des invités pour mon bal, essayant de me rappeler tous ceux à qui j'avais une politesse à rendre, de façon à n'oublier et ne vexer personne, et je dois avouer que je prenais un certain plaisir à l'idée que quelques-unes des plus arrogantes de mes amies allaient se faire chiper leurs bijoux. Du reste, je n'avais pas le choix, à la moindre velléité de résistance de ma part, il suffirait à Armand de dire un mot et de révéler mon passé pour que le scandale éclatât. C'était merveilleux : cela m'épargnait les examens de conscience et les dilemmes moraux. Le vin était tiré, il fallait le boire, et j'avoue que j'en escomptais bien quelque griserie. J'étais un peu embarrassée à l'idée de revoir Sapper, je me sentais bien plus coupable envers le petit homme qu'envers Armand, parce que j'aimais Armand passion-nément, mais Sapper avait passé huit ans dans une geôle sans raison. Je fis mille grâces au prince de Galles qui paraissait très content. Mon mari nourrissait alors l'espoir de se faire nommer ambassadeur à Paris, et naturelle-ment, Eddie, qui venait de se réconcilier avec sa mère, pouvait lui être d'une aide précieuse. J'étais donc décidée à faire de mon mieux. J'avoue, du reste, que j'étais assez tentée par l'idée d'être ambassadrice d'Angleterre à Paris : je me disais qu'il serait amusant de voir Paris sous un angle tellement différent. Paris est d'ailleurs une ville où l'on peut mener de pair plus facilement qu'ailleurs les affaires de cœur et celles d'État, et pour peu qu'Armand consentît à se laisser vivre au moins pendant quelque temps, en mettant de côté ses idées, on pourrait vraiment passer quelques années très heureuses ensemble. J'allais l'installer dans un hôtel particulier discret, lui assurer un train de vie agréable, sans aucun souci matériel, et même s'il tenait à poursuivre discrètement ses activités politiques, je pourrais lui être très utile, à condition de ne pas trop exagérer et de se montrer discrets. J'espérais d'ailleurs un peu qu'au contact des malandrins de toutes sortes qu'il devait avoir côtoyés en prison, il s'était désintoxiqué de son idéalisme, qu'ils lui avaient appris un peu de bon sens réaliste, qu'ils avaient déteint sur lui : je voyais vraiment l'avenir en rose. J'aurais même pu l'aider à se faire élire député. Je n'avais que vingt-cinq ans et j'étais encore pleine d'illusions. Je brûlais d'impatience et mon mari s'étonna un peu de me voir aller et venir dans la maison, le regard perdu, un sourire rêveur aux lèvres. Je me sentais tellement heureuse que je l'embrassais parfois impulsivement et lui serrais tendrement la main. Il n'avait jamais été à pareille fête. Il m'arrivait aussi de me lever et de courir vers la chambre de mon fils ; je le saisissais dans mes bras, je cachais mon sourire heureux dans ses boucles, je le couvrais de baisers : quel dommage qu'il ne fût pas plus grand, j'aurais tellement voulu tout lui raconter, j'étais sûre qu'il aurait tout compris et pardonné. Le regard amusé de Dicky paraissait me suivre partout où j'allais et je sentais que j'avais son entière approbation.

Gromoff revint me voir, fort convenablement, cette fois, se présentant courageusement par la grande porte et en plein jour. Nous réglâmes ensemble tous les détails. Il fut convenu que les fugitifs allaient revêtir leur déguisement dans le pavillon, à la nuit tombante, et venir se mêler ensuite à mes invités : je m'amusais beaucoup à choisir leurs costumes. Pour Sapper j'avais tout simplement préparé une tenue de jockey, toque et casaque noir et orange : les couleurs de mon mari. Pour Gromoff, une robe de moine franciscain, qui me paraissait aller à ravir avec son genre de beauté. Et j'avoue que ce ne fut pas sans une certaine malice que je choisis pour Armand la perruque blanche et l'habit de cour d'un gentilhomme de Louis XV : la noblesse de l'âme vaut bien l'autre, et il me paraissait recevoir ainsi les égards qui lui étaient dus. L'ancien baryton de l'Opéra de Covent Garden m'écouta respectueusement, son chapeau melon à la main, jetant des regards incrédules et effrayés vers le prince de Galles qui se promenait avec mon mari sur le gazon. En le revoyant planté là, sur ses énormes pieds plats, comme un pingouin, faisant une courbette à chaque ordre que je lui donnais, je me dis qu'avec un peu d'entraînement, il ferait sûrement un excellent maître d'hôtel, ce dont j'avais grand besoin à ce moment-là. Mais je dus renoncer à cette idée, je me rappelais qu'il buvait trop.

CHAPITRE XIII

Les invités descendaient du train à la gare de
Wigmore où les voitures les attendaient depuis
le matin. Des rafraîchissements étaient servis
sur la pelouse sous une superbe tente décorée
de ses motifs habituels par Dandalo : amours
au derrière rose et joufflu, jeunes dieux volant à
travers l'azur dans leur chariot ailé, tout un
monde charmant, totalement dépourvu de
sérieux et d'ombre, dont la frivolité et la
légèreté étaient comme un défi du rose au noir
et du bleu tendre au rouge sang. On était loin
du grand art qui célébrait dans ses cathédrales
le culte de la souffrance et faisait de ses musées
un lieu d'agonie.

Vers sept heures, chacun s'en alla revêtir son
déguisement et une nuée de domestiques enva-
hit aussitôt les étages, les bras chargés de
turbans, de perruques, de capes et d'épées,
cependant que des voix irritées réclamaient un
fer à friser ou des manchettes égarées. La
plupart des visiteurs avaient amené leurs gens
avec eux ; certains avaient même fait venir leur

coiffeur et leur costumier, pour ne pas être pris au dépourvu.

Lady L. était habillée en duchesse d'Albe, dont le portrait occupait la place d'honneur au-dessus de l'escalier principal ; avant de descendre dans la salle de bal, elle s'arrêta un instant devant la légendaire duchesse et adressa une prière silencieuse mais fervente à celle qui avait su aimer avec tant d'abandon et parfois avec tant de cruauté. Lord L., après beaucoup d'hésitation, avait choisi un costume de doge vénitien et elle ne put réprimer un sourire en se souvenant que les doges de Venise étaient en effet tous mariés à la mer secrète et profonde.

A dix heures, le champagne commençait déjà à prêter aux voix et aux rires des accents chaleureux ; les arlequins, les rois mages et les princes orientaux papotaient avec les inévitables Schéhérazade, les bergères et les Britannia devant les trois buffets longs de vingt mètres chacun et dont Mr. Fortnum lui-même avait surveillé l'agencement, tandis que l'orchestre tzigane, enlevé de haute lutte au Café Royal, jouait ces airs de la steppe qui creusent l'appétit et vont si bien avec les hors-d'œuvre. Lady L. allait et venait parmi ses invités, fébrile et heureuse, écoutant à peine ce qu'on lui disait ; son regard glissait sur les masques, les faux nez, les déguisements : il devait déjà être là, elle le cherchait parmi les conquistadores, les Don Juan, les Grands Inquisiteurs légèrement éméchés et les Pharaons à barbes d'or. Elle lui en voulait encore un peu, il avait été si méchant avec elle et il l'avait privée de sa tendresse pendant près de huit ans, et peut-être était-il fâché, lui aussi, et sans doute allait-il encore lui faire la leçon, la gronder, comme il savait si bien le faire, mais elle était sûre que tout cela serait oublié dès le premier baiser. Elle fit un tour dans le salon vert aux perroquets, ou des centaines d'oiseaux rouges, verts, bleus, jaunes voletaient jusqu'au plafond, tandis que les petits singes au museau noir gambadaient dans une aimable jungle italienne et semblaient prêts à bondir sur les lustres, les coiffures et les décolletés, passa dans la grande salle de bal où la première valse venait de lancer sur les dalles de marbre noir et blanc ses joyeux tourbillons, errant, son éventail à la main, comme un de ces automates qui tournent en rond sous la cloche de verre de leur boîte à musique, et l'aperçut soudain, debout dans l'embrasure de la porte-fenêtre qui donnait sur la grande terrasse, entre un moine franciscain au visage poupon et terrifié et un jockey immobile à la tête penchée. Une farandole bondissante de personnages de la commedia dell' arte, qui paraissait sortir de Tiepolo, les sépara un instant dans une volée de confetti ; et puis leurs regards se retrouvèrent, et elle avança, la main tendue, un sourire aimable aux lèvres, vers le marquis en habit de soie et perruque blanche qui s'inclinait déjà galamment. Le costume lui allait à merveille : elle se souvenait bien de son corps.

— Armand Denis en habit de cour, dit Lady L. C'était déjà un résultat. Les photographes n'existaient pas encore, malheureusement. Je ne pouvais m'empêcher de lui caresser tendrement la nuque du bout des doigts, pendant que nous dansions, et je crois qu'il ne goûtait pas beaucoup cette façon frivole que j'avais d'effleurer parfois de mes lèvres le lobe de son oreille : ce n'était pas du tout un homme pour fêtes galantes, vous savez. Mais j'avais une envie irrésistible de le punir, et j'aurais donné n'importe quoi pour le forcer à sortir de son univers et l'obliger à vivre dans un tableau de Fragonard. Il n'avait pas changé, il était toujours aussi beau, surtout lorsque la rage, la passion, une violence indignée, difficilement contenues, donnaient à son regard cette intensité sauvage qui lui allait si bien. Il était vraiment *trop* mignon. Je remarquai aussi qu'il avait bu, ce qui ne lui arrivait jamais auparavant. Mais quoi, il avait passé huit ans en prison, il avait largement eu le temps de méditer sur la nature humaine, peut-être lui paraissait-elle moins belle, peut-être avait-elle perdu à ses yeux un peu de son attrait, maintenant qu'elle lui avait montré ce dont elle était parfois capable... La voix avait à présent des accents rauques, éraillés, et les yeux une expression indignée, meurtrie, violente, il n'y a pas d'autre mot, une sorte de véhémence, de protestation. Bref, avec un peu de bonne volonté, on pouvait déjà presque l'imaginer dans dix, quinze ans, avec son litre de rouge, sous un pont de la Seine, oublié et dédaigné par « elle », par la très grande dame qu'il aimait tant, par sa princesse lointaine qui avait

trouvé parmi de nouveaux soupirants de nouveaux amants à faire souffrir, et il ne resterait
plus de l'anarchiste que l'anarcho. Vous ne
pouvez imaginer, cher Percy, ce que je ressen-
tais. Cela sort de votre registre. Vous n'êtes
pas, je le crains, un extrémiste, le terrorisme est
pour vous, n'est-ce pas, quelque chose qui se
passe en Espagne, ou en Sicile, c'est seulement
le fait des passions politiques... Vous ne pouvez
pas comprendre. Une envie de le déchirer, de
me déchirer moi-même, d'être à lui entièrement, humblement, dans une soumission
totale, de...

Elle se tut. Le Poète-Lauréat fixait un point
dans l'espace, évitant soigneusement de la
regarder. Dieu seul savait quelle expression de
tendresse et de regret il risquait de rencontrer
sur ce visage qu'il croyait pourtant connaître si
bien, et dont chaque trait paraissait arracher
aux lois de la nature une jeunesse et une pureté
que nul assaut du temps n'était parvenu à
entamer. Lady L. avait fermé les yeux. Elle
souriait. Et elle allait nier jusqu'au bout, pour
l'exaspérer davantage, pour tirer encore un
éclair de ce regard, encore un accent douloureux de la voix, pour mieux sentir sous ses
griffes sa chair et son sang.

— Mes compliments, Madame. Vous tra-
hissez à ravir...

Ils formaient un couple si charmant que les
polichinelles, les fées, les Nelson, les Bonaparte
et les Cléopâtre qui tourbillonnaient autour
d'eux sur le damier de marbre ralentissaient au
passage pour admirer la duchesse d'Albe qui
souriait gaiement dans les bras d'un courtisan
de Louis XV en habit de soie blanche que
personne ne connaissait, mais dont chaque
geste portait la marque de cette distinction
naturelle que les gens bien nés perçoivent
immédiatement, et dont la beauté virile susci-
tait la curiosité des femmes et l'irritation des
hommes.

— Oh ! Armand, Armand...

— Ça va, ça va. Et puis, on nous observe.
Disons-nous des choses aimables.

— Écoute...

— Quelle innocence du regard, quel air
d'étonnement... Bien joué. Une grande dame,
quoi. Des titres de noblesse authentiques : des
révolutionnaires dénoncés, livrés à la police,
comme il se doit. Le mensonge, l'hypocrisie, la
trahison... Une femme du monde, incontestablement.

— Armand...

— Oui, Armand. Le claque ne fait pas
nécessairement d'une femme une putain, mais
avec un peu de luxe, de beauté, de classe, n'est-
ce pas, on y arrive très bien, on se vend, on
vend ses amis...

— Ce n'est pas moi...

Il était délicieux de le voir saigner ainsi,

d'écouter la voix grondante derrière les dents serrées, de sentir cette indignation presque désespérée qui lui allait si bien. Elle lui pressa tendrement la main.

— Tu es beau, tu sais...

— Pas de vengeance en vue, rassure-toi. Tu ne risques rien : on a encore besoin de toi. La vengeance, du reste, c'est une satisfaction trop personnelle pour mon goût, trop égoïste. Je ne compte pas, tu ne comptes pas, nous ne faisons que passer, une valse, quoi... Ce qui compte, par contre, c'est que nos ennemis triomphent partout, nos imprimeries sont fermées, nos militants dispersés et privés de moyens, pendant que les dirigeants et les marchands de canons se préparent à mener les peuples à l'abattoir, et que l'Internationale socialiste, avec ses gants blancs et ses promesses de susucre pour prolétariat sage, nous enlève toutes nos positions... Il nous faut beaucoup d'argent. Maintenant que tu es devenue une vraie putain, tu vas nous être vraiment utile...

— Glendale faisait surveiller tes moindres gestes, il était au courant, c'est lui qui...

— Ça va, je te dis. Lorsque tu te déshabillais pour laisser faire le client, tu ne faisais pas grand mal... Ce n'est jamais lorsqu'ils enlèvent leur culotte que les hommes font du mal... C'est la morale bourgeoise, ça. Non, pour leurs vraies saloperies, les gens s'habillent. Ils se mettent même en uniforme, ou en jaquette. Personne n'a jamais fait grand mal le cul nu...

— Armand...

— Oui, Armand. Vas-y. Dis-le. Mais dis-le

210

donc, pour que ce soit complet. Armand, je t'aime. L'air est connu, il a traîné partout. *Carmen,* Bizet, le grand opéra, là où la bonne société se rend pour se griser de ses creux sonores, pour cacher sa laideur sous ses produits de beauté... Si tu m'aimes, alors, je t'aime, et si je t'aime, prends garde à toi... On connaît. On a vu. On a compris. On n'est pas resté huit ans en prison pour rien...

— C'était Glendale qui...

— Mens. Mens bien. Parce que, je te le dis, tu vas avoir à mentir comme tu n'as jamais menti auparavant, et ce n'est pas peu dire... Tu vas vraiment jouer le grand jeu. Tu vas rester là où tu es, parmi tes Rothschild et tes Oulbenkian, tes ducs et tes milords, mais tu vas travailler pour nous, pour les grandes multitudes oubliées, pour une humanité invisible de ces hauteurs où tu as grimpé...

Il n'avait pas changé. « Elle » était toujours aussi belle à ses yeux. Il l'aimait toujours autant. « Elle » pouvait faire n'importe quoi, il allait toujours s'arranger pour lui trouver des excuses et des alibis. Ses crimes, ses laideurs, ses lâchetés et ses cruautés, il les mettait sur le compte d'une classe, d'un milieu, d'une société. L'humanité demeurait au-dessus de tout soupçon. Une très grande dame, au nom prestigieux, que rien ne pouvait atteindre ou salir. Mais la voix avait encore de si beaux grondements et les mots importaient peu.

— Armand...

Le champagne, la valse, l'émoi lui faisaient tourner la tête, elle ne savait plus très bien où elle en était. Elle avait de la peine à bien se tenir, à ne pas se coller contre lui, à ne pas laisser son regard errer amoureusement sur ses traits avec un sourire heureux. Était-elle vraiment Lady L., respectée, choyée, admirée, dont cinq hommes au moins dans cette salle de bal étaient discrètement épris, ou bien était-elle encore Annette, prête à courir tous les risques et à commettre toutes les folies pour arracher à la vie encore un instant de coupable griserie ?

— Armand, allons-nous-en. Partons. Partons tout de suite. Emmène-moi.

— Fini les roucoulades. Tu vas rester ici, sur ton piédestal, et tu vas travailler pour nous.

La valse finissait et elle dut faire un effort pour comprendre ce qu'il lui disait : il allait la retrouver dans la salle de billard, après la prochaine danse ; ensuite, Armand, Gromoff et Sapper allaient faire le tour des étages et ramasser les bijoux pendant que la fête battait son plein. Ils se séparèrent, et elle fit quelques pas sur le damier de marbre, s'arrêta pour boire une coupe de champagne, écoutant poliment Sir Walter Donahue, déguisé en valet de cœur, qui choisissait ce moment pour lui parler de Lesseps et de son Panama, puis se dirigea en courant dans la chambre de son fils. Le clair de lune caressait le visage assoupi et la main sur la couverture tenait un Punch au nez recourbé et rouge, qui la fixait de ses yeux malins. Elle se pencha sur l'enfant dans un élan presque sauvage, pressa ses lèvres contre la petite oreille chaude. Il bougea, tourna la tête, ne se réveilla pas. Mais il lui avait suffi de sentir sur sa joue ce souffle fragile pour retrouver aussitôt toute sa résolution et sa lucidité, et lorsqu'elle rejoignit ses invités il y avait dans sa démarche, dans tous ses mouvements cette aisance assurée que l'on qualifie si souvent et tellement à tort de « royale ».

— Pour l'essentiel, j'étais encore une femme du peuple, dit Lady L. Je n'étais pas encore vraiment du beau monde, fort heureusement. C'est ce qui m'a sauvée. J'étais encore très près de la nature et chaque fois que l'on parle devant moi de la femelle qui défend son petit — Kipling a écrit de très jolies choses là-dessus — je sais que j'ai fait une chose terrible, mais que je n'ai rien à me reprocher.

Dans le salon vert aux perroquets, un Méphisto qui jouait négligemment avec sa queue parlait politique avec un John Bull en haut-de-forme qui paraissait sortir d'une caricature du *Charivari*. Un prince arabe qui se trouvait être l'ambassadeur de Hollande auprès de la Cour de Saint-James, donnait son opinion sur la situation au Transvaal à un pirate très maigre au bandeau noir sur un œil et coiffé d'un foulard rouge sang : Saint-John Smith, secrétaire permanent du Foreign Office. Le président du tribunal du Banc du Roi, un des magistrats les plus sévères et les plus redoutés de son temps, était venu déguisé en Casanova, ce que Lady L. trouva assez touchant ; il buvait du champagne en bavardant avec un moine franciscain qui suait à grosses gouttes et dont les yeux s'efforçaient d'échapper désespérément à ceux du juge, un véritable appel au secours.

— Oui, Votre Honneur... je suis tout à fait d'accord avec vous sur ce point, Votre Honneur, bégayait le malheureux Gromoff d'une voix rauque et mécanique, sans écouter manifestement un mot de ce que l'autre lui expliquait. Comme me le disait un jour Disraeli... Comme il me le disait si bien... enfin, quoi qu'il m'ait dit, il avait parfaitement raison... un grand homme, Disraeli, incontestablement. Nous tirions la grouse ensemble en Écosse... ou bien était-ce la perdrix ? En tout cas, uniquement en saison. Strictement légal... Jamais braconné dans ma vie, parole d'honneur... Moi, je dis toujours : il faut respecter la loi si l'on veut que la loi vous respecte, parfaitement...

Il s'éloigna à reculons et se cacha presque derrière Lady L. le souffle coupé : son visage était inondé de sueur et ses yeux eux-mêmes paraissaient nager dans un liquide huileux.

— C'en est trop, je tremble comme une feuille, tenez... Cet homme-là, celui qui me regarde, le juge, il m'a collé trois ans de prison pour insulte à la Couronne, après la manifestation du Jubilé contre la Reine... Il m'a dit qu'il est sûr de m'avoir rencontré quelque part... Mon cœur ne peut résister à des épreuves pareilles, je ne vois plus rien, un brouillard devant les yeux, une peur abominable, c'est la fin, je vous dis... Ce n'est pas une façon de me traiter... Je suis le dernier anarchiste qu'il reste à l'Angleterre, on devrait tout de même me ménager...

Dans la salle de billard, Armand conversait aimablement avec trois dames qui paraissaient ravies et dont l'une était costumée en Marie-Antoinette, une autre en Jeanne d'Arc et la troisième en Ophélie, à moins que ce fût en Juliette. De toute façon, pensa Lady L. avec irritation, elles avaient chacune au moins vingt ans de trop pour leurs rôles. Armand parvint enfin à se dégager, et s'approcha d'elle. Ils sortirent sur la terrasse et s'arrêtèrent au bord de la nuit. Une valse gaie, rapide, féminine, soulevait derrière eux des rires et des cris et sa légèreté même semblait se moquer de tous les fardeaux de la terre.

— Tout est prêt ?

— J'ai laissé la sacoche dans ma chambre. Avec mes bijoux. Au premier, dernière porte à droite. Prends-les. C'est une fortune : de quoi tuer pendant un an. Mais ne touche pas aux autres. C'est trop dangereux.

— Ça ne vous amuse pas, Madame, de voir vos meilleures amies délestées de leurs bijoux ?

— Ça m'amuserait énormément, mon chéri, mais on ne peut pas rire tout le temps...

Lady L. offrit son visage et sa gorge à l'air nocturne, chercha dans sa fraîcheur un peu d'apaisement.

— Armand, Armand, il ne t'arrive jamais de vouloir vivre un peu pour toi-même ?

— Ça m'arrive tout le temps, mais il faut savoir se retenir.

— D'être heureux ?

— Je ne demande que ça, mais il me faut de la compagnie.

— La terre compte combien d'habitants, au juste ? Un milliard ? Deux ?

— Ils sauront bientôt te rappeler leur existence et leur nombre exact.

— Prends les bijoux. Vole mes invités. Mais garde une partie pour toi-même. Partons tous les deux, pour quelque temps. Aux Indes, en Turquie...

— Décidément, tu ne comprendras jamais rien à l'amour.

La voix avait pris un accent presque douloureux. Elle pensa à ce que lui avait dit le seul anarchiste véritable qu'elle ait connu . « Votre amant est un mangeur d'étoiles qui se prend pour un réformateur social. Il appartient à la plus vieille noblesse de la terre, celle des rêveurs idéalistes. Il descend en ligne droite de *La Morte* d'Arthur et des chevaliers errants à la recherche du Graal, dont il croit avoir trouvé le secret dans les *Principes d'anarchie.* Ils tuaient beaucoup aussi, au temps de Merlin l'Enchanteur, bien que ce ne fussent pas les mêmes dragons. La soif d'absolu, un phénomène très intéressant, d'ailleurs, et assez dangereux : cela donne presque toujours de beaux massacres. C'est un de ces grands passionnés de l'humanité qui finiront bien par faire disparaître un jour leur bien-aimée dans un crime passionnel, par dépit amoureux — Oui, cher Dicky, vous avez mille fois raison, mais il est tellement beau ! — Eh bien, faites faire son

216

portrait par Boldini, en Pierrot lunaire, et disposez du reste. »

Mais toutes ces clochettes moqueuses qu'elle avait si bien appris à faire tinter à ses oreilles pour essayer de couvrir les accents profonds et désespérés de la vie, toutes ces attitudes habilement fabriquées dont elle essayait de se faire une seconde nature dans l'espoir d'oublier l'autre, la vraie, toutes ces roueries aimables ne lui étaient plus d'aucun secours devant son besoin de garder, de posséder, de détourner vers elle cette beauté qui était en lui et qui allait à une autre, une rivale aux millions de visages inconnus, et elle frappa soudain la balustrade de pierre de son éventail avec une telle impétuosité qu'il se cassa.

— Rentrons.

CHAPITRE XIV

Sir Percy Rodiner, les mains légèrement crispées sur le bras de son fauteuil, promenait autour de lui un regard soupçonneux : il fallait croire qu'elle avait une fameuse raison de l'amener ici, car ce n'était pas précisément le genre d'endroit où il tenait à être vu. Il y avait une pendule cachée quelque part, sans doute derrière ce paravent couvert de dames de pique positivement sinistres, et son tic-tac régulier, implacable, semblait augurer l'approche de quelque moment fatal : après toutes ces affreuses histoires de terroristes et d'attentats à la bombe, on avait l'impression qu'un mouvement d'horlogerie funeste avait été mis en marche, et que tout ce décor morbide allait soudain vous sauter à la figure. L'atmosphère du pavillon avait quelque chose de scandaleux, quelque chose de douteux et de suggestif, et l'on ne pouvait s'empêcher d'éprouver dans ce cadre certaines curiosités malsaines, ni même de se laisser aller à certaines rêveries. Il y avait aux murs, par exemple, des tableaux d'une inspiration franchement offensante : des femmes blondes, peut-être même anglaises, bien qu'elles eussent les seins complètement découverts, en train de se pâmer dans les bras d'amants moustachus et basanés, au bord du Bosphore ; des dessins dont le mot « osé » n'eût pas suffi à préciser la nature ; deux ou trois gravures dont il valait mieux ne pas trop étudier le détail, et que l'on pouvait seulement qualifier de « françaises » ; des cavaliers nègres emportant sur leur cheval des captives blanches vraiment trop consentantes ; des amants partout, s'étreignant sous toutes les latitudes, dans les troïkas sur la neige, sur les classiques balcons italiens, sous les classiques clairs de lune, et l'air lui-même paraissait chargé de leurs baisers. Le Poète-Lauréat se tenait au milieu de tout cela avec un air réprobateur, d'autant plus mal à l'aise que Lady L. l'observait avec un sourire amusé. Toute cette pacotille ne valait d'ailleurs rien et il était difficile d'imaginer quel était le trésor secret qu'elle cachait là et qu'il devait l'aider à transporter ailleurs, hors de ce pavillon menacé — à juste titre, Sir Percy en était à présent convaincu — d'imminente destruction. La seule toile de quelque valeur marchande qui se trouvait là était une peinture de Fragonard représentant une scène d'odalisques à leur bain. Le Poète-Lauréat ne savait pas que Fragonard avait peint des sujets d'inspiration orientale. Il croyait qu'il avait limité son indécence à la France.

— Je ne savais pas que vous collectionniez

ce genre de... bric-à-brac, remarqua-t-il sèchement.

Lady L. jouait avec les bouts du châle indien qui enveloppait ses épaules. Elle contemplait quelque chose en souriant tendrement; Sir Percy suivit son regard et fut confronté au museau d'un de ses animaux bien-aimés : un gros matou tigré en costume marin à col bleu et coiffé d'un pompon rouge, dans un beau cadre doré. Il se demanda tristement quel canari ou quelle perruche allait figurer un jour sur sa propre physionomie, lorsqu'il serait venu grossir les rangs de ses chers disparus.

— Certains des objets qui se trouvent ici ont pour moi une grande valeur sentimentale. Maintenant que le pavillon va être détruit, je voudrais que vous m'aidiez à les transporter ailleurs.

Elle secoua la tête de ce geste vif et capricieux qu'il connaissait si bien.

— J'ai passé une partie de ma vie ici, et tout ce bric-à-brac, comme vous dites, Percy, a toujours fait ce qu'il a pu pour moi... Il m'a aidée à rêver... à me souvenir...

Comme c'est étrange, songea-t-elle, avec une sorte d'incrédulité, comme c'est étrange de se trouver soudain là, une très vieille dame, à présent, et de se dire que près de soixante ans sont passés, soixante ans, vraiment, et qu'il ne restait plus rien, que tout s'était évanoui, que le bal était fini. Elle entendait pourtant si clairement les accents de la *Czardas* et elle voyait les couples tourbillonner sous le lustre, et l'orchestre de tziganes avec leurs violons et leurs tambourins, et le chef d'orchestre qui s'était mis, Dieu sait pourquoi, en uniforme autrichien tout chamarré d'or, et le jockey était là, devant elle, dans l'embrasure de la porte, avec sa casaque et sa toque orange et noir, sa cravache à la main, la tête penchée, au centre d'un groupe d'hommes qui le dévisageaient avec la plus grande attention. Ils avaient tous beaucoup bu. L'un d'eux était Sir John Evatt, dont le cheval Zéphir avait gagné le derby cette année-là.

— Permettez, permettez, disait Evatt. Vous prétendez que c'est vous qui avez monté Hurricane dans sa dernière course à Ascot ?

— Parfaitement, Monsieur, c'est moi et personne d'autre, répondit le jockey d'un ton légèrement belliqueux.

— Et vous affirmez également que c'est vous qui avez monté Sirius pour les Rothschild ?

— Je l'affirme, oui, sur l'honneur, Monsieur ! répondit sèchement Sapper. Un maître cheval, Sirius, Monsieur.

— Et que vous avez gagné deux fois le Grand National ?

— Deux fois, Monsieur, dit Sapper. Deux fois, deux années consécutives, c'est la vérité, Monsieur.

Les trois hommes se toisèrent d'un œil glacial, oscillant légèrement sur leurs jambes.

— Alors, Monsieur, je puis vous dire que vous êtes venu ici costumé en « Sapper » O'Malley, le célèbre petit jockey qui s'est cassé le cou il y a douze ans à Paris, dans le Grand Prix du Bois.

— C'est tout à fait exact, et votre mémoire vous fait honneur, Monsieur.

— Un fameux jockey, ce Sapper, dit Evatt.

— Je partage entièrement votre opinion là-dessus, Monsieur, dit Sapper.

— Dommage qu'il se soit cassé le cou, dit Evatt.

— Dommage, grand dommage, Monsieur, en vérité, dit Sapper.

— Je me demande ce qui lui est arrivé depuis?

— Un tas de choses, un tas de choses, Monsieur.

— Il était le plus grand de tous, dit Evatt.

— Il était vraiment le seul et unique de son espèce, oui, Monsieur, dit Sapper.

— Alors, buvons à sa pauvre petite âme, Monsieur, proposa Evatt.

— Buvons, certes, Monsieur, dit Sapper.

Ce fut à ce moment qu'Armand intervint, sentant que le jeu commençait à être dangereux. Il entraîna Sapper vers le buffet où ils trouvèrent Gromoff, lequel, en proie à une frousse intense, avalait tasse sur tasse de bouillon pour essayer de se réconforter.

— Je n'en peux plus, leur dit-il d'une voix larmoyante. J'ai une peur absolument monumentale, quelque chose de très beau, d'ailleurs, ça confine à une véritable grandeur... J'ai horreur de l'action directe. J'ai toujours donné le meilleur de moi-même dans un chant poussé du fond du cœur et de l'âme en l'honneur des causes sacrées, mais lorsqu'il s'agit de mettre la main à la pâte... je me décompose, je me perds, je ne suis plus là. Pour moi, la véritable action, c'est le chant, c'est le cri, ce n'est pas le pistolet... Sortez-moi d'ici. J'ai encore en moi quelques très beaux chants, ma voix est encore capable de jeter les foules à l'assaut... Mais pour cela, il est tout à fait essentiel que je reste vivant. J'affirme qu'un beau poème, un chant de révolte bien senti peuvent faire plus pour notre cause que ma présence ici. Je suis dans un tel état que je crois que je vais mourir...

— Je le crois aussi, dit Armand, en le regardant d'un œil froid.

La tasse de consommé se mit à trembler dans la petite main replète de Gromoff et ses yeux parurent se remplir d'huile.

— Bon, c'est le moment, dit Armand. Nous allons commencer par le troisième étage, et nous continuerons en descendant.

Il se tourna vers Annette.

— Surveille l'orchestre. Qu'il ne s'arrête plus... Donne-nous quarante bonnes minutes, puis retrouve-nous au pavillon.

— Essayez donc de ne tuer personne, mes amis, dit Lady L. Ça fait toujours des taches.

Elle les regarda s'éloigner tous les trois : sous les lustres étincelants que les glaces multipliaient à l'infini, la foule costumée les fit disparaître en un instant au fond de l'Histoire, parmi ses Charlemagne, ses Brutus, ses Gengis Khan et ses Richard Cœur de Lion. Lady L. s'arrêta un moment devant le portrait de la duchesse d'Albe, leva les yeux vers elle, et se demanda ce qu'elle aurait fait à sa place. Mais la divine duchesse vivait à une autre époque, et ses désirs, ses envies, ses caprices avaient force de loi. Le monde moderne n'était vraiment pas un endroit pour aimer. Elle soupira, fit un petit signe de la main au portrait et se mêla à ses invités, allant de l'un à l'autre, suivie par quelque Scaramouche un peu obèse, par un Iago parlant de la Bourse ou des Robin des Bois heureux d'oublier en sa compagnie leur embonpoint et leurs secrets d'État. Tout le monde était très gai. Son mari vint la féliciter, paraissant comme toujours très content de tout et surtout de lui-même.

— Ma foi, Diane, fort brillante soirée, si vous voulez mon avis, une de nos meilleures, ils sont tous d'accord là-dessus. Capitale idée que vous avez eue là. A propos, Smithy me confirme que le poste d'ambassadeur en France est toujours sur le tapis. Il m'a dit que vous feriez une magnifique ambassadrice. Et vous connaissez le pays. Il m'a promis d'en toucher un mot à la Reine, mais il paraît que Sa Majesté ne tient pas à pourvoir le poste immédiatement.

— Je pense bien, dit Lady L. Pour notre chère Victoria, l'idée d'être représentée à Paris a quelque chose de choquant. Paris, pour elle, est un mauvais lieu.

Ils furent interrompus par une sarabande de danseurs qui bondissaient d'un salon à l'autre en se tenant par la main. Lady L. se trouva entourée de trois *monsignori* italiens, les jeunes Lord Ridgewood, Lord Brackenfoot et Lord

Chilling. Ces braves garçons s'efforçaient de soutenir la mauvaise réputation que leur père s'était acquise sous la Régence, sans toutefois sortir des limites du *risqué,* afin de paraître hardis sans choquer personne, et Lady L. était sûre que cela n'allait pas plus loin que de boire du champagne dans un soulier de satin, ou de rendre visite à une jeune personne soigneusement examinée au préalable par le médecin de famille. Elle se dégagea en riant et revint vers la salle de bal.

La fête commençait à faiblir. La fatigue et le champagne faisaient leur œuvre. L'ambassadeur d'Autriche, déguisé en Talleyrand — ô mânes de Metternich ! — sommeillait dans un fauteuil, et le jeune duc de Norfolk, en Henri VIII, l'œil légèrement vitreux, était respectueusement soutenu par Eddie Rothschild.

— Je dis, Diane, vous n'avez pas dansé avec moi une seule fois, ce soir...

— Tout à l'heure, Bunny, promit-elle, laissez-moi souffler un peu.

Elle regarda à la dérobée la petite montre italienne épinglée à son mouchoir. Il était près de trois heures. Les quarante minutes étaient largement écoulées. La musique avait les accents stridents et frénétiques de l'aube. Elle s'approcha du chef d'orchestre, un petit homme aimable et rondelet, avec des moustaches de cafard et de gros yeux, et lui demanda de jouer pendant une demi-heure encore. Il s'inclina poliment, sans interrompre le mouvement de ses bras, mais déjà quelques invités commençaient à quitter le bal, et elle aperçut

Mrs. Oulbenkian, l'épouse de l'armateur, costumée en Ange de Bonté, qui grimpait l'escalier d'un pas plutôt las. « Mon Dieu, pensa-t-elle, pourvu qu'ils aient fini ! » Avec un peu de chance, en ce moment, ils devaient déjà filer avec leur butin, ils allaient se changer dans le pavillon, prendre tranquillement le train à Wigmore à cinq heures du matin, la police mettrait du temps à arriver en force et à commencer ses recherches, elle pourrait gagner encore quelques mois, mais elle savait qu'ils n'allaient plus jamais la laisser tranquille, qu'elle était à leur merci et que, tôt ou tard, le scandale éclaterait. Il valait presque mieux prendre les devants, disparaître avec eux dans la nuit, tout quitter, se détruire s'il le fallait, pour que le monde n'apprît jamais la vérité, pour que l'enfant qui dormait si paisiblement dans le clair de lune ne connût que des réveils heureux... Mais elle avait la tête trop bien faite pour réussir à se duper. « Me voilà en train de me chercher des excuses pour suivre Armand », pensa-t-elle. Elle se fit servir encore du champagne et s'aperçut que sa main tremblait.

Ce fut alors qu'un cri perçant de femme retentit dans la maison. Lady L. eut l'impression que ce cri avait fait crouler les murs, mais l'orchestre venait de redoubler d'efforts pour ranimer la fête défaillante et elle semblait être la seule à l'avoir entendu. Elle se dirigea rapidement vers le grand escalier de marbre blanc, s'arrêta là un moment et écouta.

Au premier étage, Mrs. Oulbenkian venait à

peine de franchir le seuil de sa chambre à coucher lorsqu'elle s'était trouvée nez à nez avec un jockey et un moine en robe de bure, lesquels étaient en train de vider son coffret à bijoux dans une sacoche en cuir : le moine tenait encore son collier de perles à la main. Elle avait reculé en appelant au secours et c'était ce cri de frayeur que Lady L. avait entendu. Une des femmes de chambre de l'étage était accourue juste à temps pour recevoir dans les bras un Ange de Bonté évanoui, et pour se trouver à son tour face à face avec les deux « assassins ». Elle en conçut une telle frayeur qu'il fallut attendre plusieurs heures avant de pouvoir tirer d'elle le moindre propos cohérent. Armand était à ce moment-là dans une chambre voisine. Il se précipita dans le couloir et se rendit aussitôt compte que ni la femme de chambre pétrifiée ni l'Ange de Bonté sans connaissance ne présentaient de danger immédiat ; faisant signe à ses complices de le suivre, il se dirigea vers l'escalier de l'aile sud, descendit rapidement au rez-de-chaussée, et vint se mêler à la foule des invités. Ils auraient pu sans nul doute gagner tous les trois le parc de cette façon, mais Gromoff retenait sa peur depuis trop longtemps et cette fois il perdit complètement la tête. Ne sachant plus lui-même ce qu'il faisait, il ne songeait qu'à fuir et, tenant toujours dans une main la sacoche de cuir et dans l'autre le collier de perles dont il venait de s'emparer, il se rua tête baissée dans l'escalier principal qui menait vers la salle de bal. Même à ce moment-là, en retrouvant un peu de son sang-froid, il aurait pu se tirer d'affaire, dans le vacarme de la fête, car personne n'avait prêté attention au cri, les musiciens tziganes étaient déchaînés, la *Czardas* battait son plein et les exclamations et les rires fusaient de toute part. Mais au lieu de gagner tranquillement la sortie, le malheureux amant des causes perdues s'affola encore plus et, faisant tantôt un pas en avant, tantôt remontant une marche, il finit par se figer complètement dans le grand escalier, le dos au mur, le visage terrifié, la sacoche dans une main et le collier dans l'autre, exposé à tous les regards. Il avait si manifestement l'air d'un voleur pris en flagrant délit que l'orchestre cessa de jouer, les couples s'arrêtèrent au milieu de la piste, le silence se fit et tous les regards se portèrent vers le moine franciscain tapi contre le mur dans une attitude de bête traquée.

Sapper, qui s'était lancé à la poursuite de Gromoff pour tenter de le retenir, apparut en haut de l'escalier, hésita une seconde, puis recula et disparut, tandis que le voleur, transformé en loque tremblante, était appréhendé par le jeune Patrick O'Patrick, costumé en conquistador, et par Sir Allan Douglas, en statue du Commandeur.

A peine s'étaient-ils emparés de lui que le grand baryton commença à bredouiller des aveux.

— Je ne voulais pas! Ils m'ont menacé, ils m'ont forcé...

Lady L. porta la main à sa gorge : Gromoff

la regardait, elle sentait que son nom était déjà au bord de ses lèvres et que si ses bras avaient été libres, il l'aurait déjà montrée du doigt. Ce fut à ce moment précis qu'elle vit Armand surgir à côté d'elle de la foule des invités et remonter lentement et calmement l'escalier, un pistolet à la main. Gromoff l'aperçut également, un faible sourire d'espoir s'esquissa sur ses lèvres et, croyant qu'on venait à son secours, il commença à se débattre violemment, essayant de se libérer. Armand remonta encore une marche et, comme Gromoff dans un dernier effort désespéré parvenait à se dégager, il leva son pistolet et lui tira une balle dans le cœur. Une expression d'intense surprise se peignit sur le visage rond et gras du moine franciscain, tandis qu'il s'affaissait mollement au milieu de l'escalier.

— Mesdames, Messieurs, dit Armand, en élevant la voix, je suis l'inspecteur Lagarde, de la police française. Plusieurs criminels évadés se cachent ici ce soir sous divers déguisements, et je dois vous prier tous de ne pas quitter les lieux et de demeurer calmes. Nous allons être malheureusement obligés de vérifier l'identité de toutes les personnes présentes. Ce sera vite fait : mes collègues de Scotland Yard ont déjà arrêté l'anarchiste notoire Armand Denis. Mais nous savons que certains de ses complices se trouvent encore ici. Personne ne doit quitter les lieux sous aucun prétexte : nous avons lâché les chiens dans le parc.

Les invités formaient des petits groupes immobiles et silencieux ; on aurait dit qu'une centaine de personnages de cire évadés du musée de Mme Tussaud venaient de reprendre leurs poses pittoresques et figées. Armand ramassa tranquillement la sacoche et le collier de perles tombé des mains de Gromoff, descendit quelques marches et s'inclina devant Lady L.

— Madame, dit-il, je suis désolé de ce qui arrive et navré de ne pas avoir été en mesure de l'empêcher. Veuillez nous excuser. Tout va être réglé d'ici quelques minutes.

Il s'inclina à nouveau et murmura d'une voix à peine audible.

— Je t'attendrai au pavillon.

Il y eut sur ses lèvres une trace d'ironie à peine perceptible, tandis qu'il jetait un dernier coup d'œil sur les visages ahuris qui l'entouraient. Puis il se dirigea vers la terrasse sans se presser, la sacoche et le collier à la main. Lady L. gravit quelques marches et s'adressa à ses invités :

— Je crois comprendre qu'un divertissement un peu... imprévu nous a été offert ce soir, mais que tout va s'arranger, comme d'habitude. Maestro, s'il vous plaît, un peu de musique...

Il y eut un murmure de voix excitées, des chuchotements et des exclamations. Puis la musique reprit et les figures de cire s'animèrent. Ceux-là mêmes qui s'apprêtaient déjà à quitter la fête avant cet intermède brutal se firent un point d'honneur de continuer à danser, afin de témoigner comme il se devait de leur flegme britannique et d'aider leur hôtesse à sortir de l'embarras. Ils évitaient simplement de regarder le moine en robe de bure qui gisait immobile sur les marches de marbre, avec une expression d'étonnement navré dans ses yeux figés.

Lady L. releva un peu sa robe, enjamba le corps et monta dans son appartement. Elle traversa en courant le boudoir, la chambre à coucher et la lingerie et se trouva dans l'escalier de service. Il était vide, mais elle entendait des éclats de voix du côté des cuisines et les domestiques qui couraient dans les couloirs; une femme de chambre sanglotait, une autre était prise d'un rire hystérique, un laquais la consolait avec un fort accent cockney. Elle descendit rapidement l'escalier et se trouva sur le pavé des communs. Elle avait à peine fait quelques pas dans la cour lorsqu'elle aperçut soudain une forme recroquevillée sur le sol dans le clair de lune. Sapper avait dû essayer de descendre du troisième étage le long de la gouttière, et il gisait maintenant sur les pierres, sa cravache à côté de lui, désarçonné pour la dernière fois. Elle regarda un bref instant la forme inerte dans la flaque de lune, puis releva sa jupe et repartit en courant vers le pavillon.

CHAPITRE XV

La nuit dansait autour d'elle en agitant ses voiles bleus, les nuages eux-mêmes semblaient partager sa panique dans leur fuite éperdue. Elle courait dans l'allée blême, sous les châtaigniers, parmi les bancs de marbre vides et les statues qu'un jeu furtif des nuages avec la lune venait parfois animer; on entendait l'aboiement des chiens du côté de l'étang; une musique fiévreuse se déchaînait derrière elle et se lançait à ses trousses : l'orchestre venait d'entamer la *Czardas de l'aube* de Llados, et la nuit sauvage de la Pusta bondissait autour d'elle au son des tambourins. La peur d'arriver trop tard, de le trouver parti, donnait une qualité presque animale à son affolement, le parc tout entier paraissait baigner dans le tumulte inquiet de son cœur. Elle se jeta sur le sentier, parmi les rosiers qui griffaient ses bras, s'accrochaient à sa robe, jurant en français contre ses souliers à hauts talons. Elle se déchaussa et se remit à courir vers le pavillon qui dressait sous la Grande Ourse son ombre pointue.

Une chandelle tordue achevait de se consumer au chevet du lit et la silhouette d'Armand tremblait sur le mur. Il se tenait debout au milieu de la pièce, son pistolet à la main, tendu tout entier dans cette immobilité de fauve à l'affût qu'elle connaissait si bien et qui la hantait physiquement presque chaque nuit ; c'est ainsi qu'il lui apparaissait dans ses rêves, et son corps s'offrait alors en attente d'un bond qui ne venait jamais ; le visage lui-même était figé dans une expression d'attention extrême, d'ironie glacée ; le pistolet demeurait fermement braqué vers elle ; elle eut soudain la conviction très irritante qu'il ne lui faisait plus entièrement confiance et qu'il se méfiait encore d'elle un tout petit peu.

— C'était un peu vexant, après toutes les preuves d'amour que je lui avais données, dit Lady L.

Le Poète-Lauréat lui jeta un coup d'œil effrayé.

Les dames de pique continuaient à le fixer du paravent de leurs regards noirs ; au-dessus du lit oriental, la glace fêlée semblait figée dans un sourire ignoble ; l'impression du danger latent s'accentuait à chaque battement de la pendule invisible ; on sentait une présence sinistre, un péril odieux tapi dans un coin. Le visage de Lady L. sous ses cheveux blancs était impassible, sa main était posée sur sa canne dans un geste souverain ; ses yeux avaient une lueur amusée.

— Oui, je sentis tout de suite qu'il était sur ses gardes, qu'il ne se fiait plus entièrement à moi. Et il était vrai que j'étais prête à tout — ou capable de tout, si vous préférez — pour le garder. Je ne sais même plus si c'était l'amour qui dominait en moi, ou la haine pour ma rivale, l'humanité, cette maîtresse qu'il servait avec une telle ferveur, avec un si total dévouement. Il m'observait avec un détachement, une froideur ironiques, avec — comment dire ? — avec une telle *connaissance*, voilà, que je me sentais vraiment piquée au vif : si sa bien-aimée s'imaginait que j'avais dit mon dernier mot, que j'allais le lui laisser, elle se trompait. Il était capable de tout pour ses beaux yeux, rien ne l'arrêterait, il était prêt à tout lui immoler, mais moi aussi je savais ce que c'est, une passion totale et j'allais le lui prouver. J'avais été à bonne école, voyez-vous. Et il avait une telle allure, une telle classe — oui, il n'y a pas d'autre mot — dans son habit de cour, en soie blanche, le blanc lui allait si bien, son visage était demeuré si beau, si jeune, aussi, malgré toutes les terribles, terribles épreuves des années en prison, que je m'arrêtai un instant et souris à la ressemblance, avant de me jeter en sanglotant dans ses bras : c'était presque mon fils qui me regardait...

Sir Percy Rodiner eut un haut-le-corps.

— Tout cela est monstrueux. Monstrueux.

— Vous ne comprenez rien à l'extrémisme, mon ami, dit Lady L. avec un peu d'impatience. La passion est quelque chose qui vous échappe complètement. Tâchez de vous instruire, au lieu de ronchonner. Il y avait en lui une flamme, une puissance d'amour et de dévouement, une beauté, oui, une beauté, que je ne pouvais absolument pas laisser à une autre. N'importe quelle femme amoureuse me comprendrait. Il ne s'agissait même pas tellement de le garder pour moi-même que de l'empêcher d'être à ma rivale.

— Armand, écoute-moi...

— Plus tard, plus tard. Où est Sapper?

— Il est mort.

— Quoi, qu'est-ce que tu dis?

Elle le sentit se raidir, et une telle expression de souffrance et de désarroi passa sur ses traits qu'elle se remit à espérer : peut-être enfin allait-il se reconnaître vaincu.

— J'allais partir avec lui, ou le rejoindre dans quelques jours, nous allions être l'un à l'autre, comme jadis, à Genève, nous allions visiter la Turquie, peut-être les Indes — le Taj Mahal, vous savez ; après tout ce qu'il m'avait fait, il me devait vraiment un peu de bonheur...

Lady L. hocha la tête au souvenir de cette incorrigible Annette, de cette caboche de midinette obstinée qui rêva jusqu'au bout de bonheur à deux, de gondole heureuse, de l'amour victorieux... C'était encore une soubrette au cœur barbouillé de rose et de bleu, une âme de bal musette... Une autre très grande dame, la princesse Alice de Bade, devait lui dire un jour en parlant du drame de Mayerling : « L'amour, voyons, mais nous devons laisser ça aux pauvres. »

Armand s'était tourné vers la chandelle au cou tordu qui paraissait le dévisager et sourit tristement à la petite flamme.

— Pauvre Sapper. Ça va être beaucoup plus dur, sans lui... C'était un homme. Enfin.

Mais ce fut tout : un camarade tombé, cela ne comptait guère auprès de l'humanité. Il se baissa vers la sacoche de cuir, prit une poignée de bijoux et se mit à rire.

— Mazette. Jour de deuil pour Lloyds. On va pouvoir agir. Il y a là de quoi nous faire durer un an au moins.

Elle ferma les yeux. Elle savait ce que « nous » voulait dire. Cela voulait dire « personne ». Tout au plus Liberté, Égalité, Fraternité, avec leurs grosses moustaches et leur chapeau melon, qui viendront lui passer les menottes et lui montrer le chemin de la guillotine. « Comme c'est étrange, songea-t-elle, en caressant doucement sa joue, le regardant avec une tendre hostilité, comme c'est étrange, il suffit qu'une idée noble et généreuse atteigne à la démesure pour qu'elle devienne aussitôt étroitesse d'esprit. »

— De quoi équiper une dizaine de groupes volants pour les lancer dans toute l'Europe.

— Oui, mon chéri. Ce sera vraiment merveilleux.

— On commencera au Würtemberg : les étudiants sont là-bas en pleine ébullition. Ce

236

qui compte, c'est de montrer à l'opinion que nous frappons quand nous voulons, où nous voulons. Les lâches voudront se mettre du côté du manche et les faibles sont toujours attirés par la force. Nous allons monter une série d'attentats, de l'Élysée au Vatican. Farcolo a raison : il n'y a que les grands incendies qui peuvent venir à bout de la nuit...

— Nous devons tuer quelqu'un tout de suite, dit-elle.

Mais il était inaccessible à la dérision. C'était un homme condamné au sérieux et dont la pureté ressentait l'imperfection de la vie comme une injure profonde. Il était vraiment fait pour ces grands travaux d'assainissement qui mènent au bûcher de l'Inquisition ou au trône de l'Inquisiteur. Malheureusement, sa voix, lorsqu'on savait oublier les mots, avait des accents d'une ardeur et d'une virilité qui la touchaient au plus profond d'elle-même. Elle s'assit sur le lit et commença à enlever ses bas. Elle l'observait froidement, en se déshabillant, avec une moue de défi : il y avait au moins une chose que sa rivale ne pouvait lui donner. La robe glissa à ses pieds et elle fut bientôt toute nue avec seulement la rose de tulle rouge et la mantille sur ses cheveux. Il hésitait. Et il continuait à se méfier un peu : il n'avait pas lâché son pistolet.

— Nous n'avons pas le temps.

— Eh bien, dépêche-toi alors, dit-elle impatiemment.

Il se pencha, l'embrassa sur l'épaule... Elle se laissa aller complètement, rapidement, et elle ne savait pas si sa plainte venait de sa peine et de sa rancune ou d'un bonheur de femme qu'elle n'allait plus connaître jamais. Et jamais elle n'avait mêlé à ses soupirs tant de mots tendres et tant de mots crus...

— Oh! il suffit, Percy, ne faites donc pas cette tête-là. Il faut bien que je vous explique comment j'en suis venue au terrorisme, moi aussi. Sans cela, vous risquez de me juger sévèrement. Et d'ailleurs, il y a une morale à tout cela, n'est-ce pas. Je suis sûre que mon ami le docteur Fisher, qui fait de si beaux sermons, n'aurait pas manqué de le relever. Voilà ce que c'est, sans doute, de vivre dans un monde sans Dieu, comme nous l'avons fait, Armand et moi, de donner une importance absolue au monde et de se laisser condamner à la quête d'un bonheur terrestre. Nous avions vraiment cela en commun, lui et moi, chacun à sa façon. La terre devient une jungle. Tout devient permis pour tenter de rendre l'humanité heureuse ou pour faire son propre bonheur. Aucune alternative ne vient tempérer notre goût passionné de la vie, exaspéré par le néant... Vous voyez que tout n'est pas perdu et que je ferai peut-être une fin édifiante, moi aussi. Non, je ne me moque pas de vous. Mettons que je sois une nihiliste, voilà tout. Car Dicky avait vu juste. Les anarchistes sont trop timides. Ils n'osent pas aller jusqu'au bout. Dans la passion, dans l'extrémisme, il faut toujours aller au bout, et même un peu plus loin encore. Sans cela, on trouve toujours plus extrémiste que soi. Les nihilistes sont des gens selon mon cœur. Armand avait raison au moins sur un point : la liberté est notre bien le plus précieux. J'allais donc me libérer de mon tyran. J'allais lui donner une leçon de terrorisme, moi aussi, en lui laissant tout le temps nécessaire pour méditer là-dessus...

Elle poussa un profond soupir et commença à se rhabiller. Ce qu'elle allait accomplir maintenant ne lui paraissait plus terrible, ni même cruel : elle ne pouvait agir autrement. C'est à peine si son sourire était un peu coupable, pendant qu'elle arrangeait ses vêtements et ses cheveux : son fils avait ce sourire lorsqu'il n'était pas sage. Elle avait fait ses adieux à Armand, et, à présent, il n'allait plus jamais la quitter. Ils allaient vieillir tout doucement ensemble, rester l'un près de l'autre, couler des jours paisibles, sans histoire, loin de l'Histoire. Elle allait lui donner une leçon, lui montrer ce dont son humanité bien-aimée était capable lorsqu'elle se laissait aller, elle aussi, à sa passion. Une très grande dame, que rien ne peut compromettre, dont rien n'est jamais parvenu à ternir la réputation depuis qu'elle fait souffrir ceux qu'elle aime, et son éternel amoureux s'arrangera pour l'excuser, lorsqu'il méditera là-dessus, avant de mourir : il mettra tout cela sur le dos d'une classe, d'une société, d'un milieu. Ça n'allait pas être joli joli, mais il savait mieux que personne qu'on ne peut aimer avec passion sans manquer un peu aux usages, au comme il faut...

— Je voyais presque le sourire approbateur de Dicky. Je me souvenais si bien de son conseil : « Jetez une bombe, vous aussi. Placez-vous sur son propre terrain, le terrain de l'extrémisme affectif. D'ailleurs, vous ne trouvez pas qu'il est un peu trop à droite? A gauche des anarchistes, il y a les nihilistes, ne l'oublions pas... Il y a... *nous*. »

Mais ce ne fut pas vraiment un plan, une simple impulsion féminine, plutôt...

Armand était allongé sur le lit, les yeux clos : il paraissait attendre le retour de son corps. Elle n'osait pas trop le regarder : elle se sentait tout de même un peu gênée. Mais elle se savait entourée d'approbation et d'encouragements immanents, d'une sorte de véhémence et de colère dont elle percevait clairement la présence dans chaque battement de son cœur.

— Si les femmes de mon temps avaient su se révolter comme moi, Percy, je crois que nous aurions pu éviter au siècle qui venait ses plus beaux massacres. Il me semblait que j'allais mener la révolte des femmes contre les temples de l'abstrait, où l'on adore l'intelligence parmi les têtes coupées, et où les plus nobles élans de l'âme deviennent seulement les derniers soubresauts de l'agonie...

Un changement très curieux s'était opéré soudain dans l'attitude de Sir Percy Rodiner :

240

il paraissait s'être encanaillé. Il plissait un œil, d'un air affranchi, le sourire presque cynique suggérait une longue expérience de la vie et même des femmes, et il dit, de ce ton trop brusque et trop assuré que les jeunes gens vierges prennent pour demander « Combien ? » à leur première prostituée :

— Bref, vous l'avez livré à la police.

— Ne soyez pas complètement idiot, Percy, dit Lady L. Pensez, quel scandale... Il aurait tout dit et il ne serait rien resté de moi. Je me souviens que j'éprouvais une curieuse exaltation, ainsi qu'un sentiment très nouveau pour moi : le sentiment d'avoir une mission à remplir... Mon sens civique, en quelque sorte, se réveillait pour la première fois. C'était l'époque, vous vous souvenez, où les premières suffragettes manifestaient dans la rue, et je suis sûre que lorsqu'on saura ce que j'ai fait, on citera mon nom dans les manuels d'histoire parmi les premières féministes d'Angleterre...

Armand ouvrit les yeux et se leva lentement. La rose de tulle rouge était tombée sur le lit et il la ramassa.

— Voilà une précieuse demi-heure qui risque de me coûter cher, dit-il.

— Ce serait vraiment de la folie de partir maintenant, dit Lady L. Il faut que tu restes ici deux ou trois jours. Personne n'osera venir fouiller dans mon pavillon. C'est impensable. Du reste, il n'y a qu'une seule clef. Il faut laisser passer l'émoi, la police... On te croit déjà loin. Lorsque les choses se seront calmées, tu pourras prendre tranquillement le train à Wigmore. C'est la seule solution.

Il réfléchissait, en jouant avec la rose.

— C'est bien pensé, Annette. Tu as vraiment la tête froide.

— Il faut bien. Tu m'as assez vanté les mérites de la logique et de la raison pure.

Il rit, caressa doucement son menton avec la rose.

— Bravo.

— Je vais te quitter, maintenant, mon chéri. Mon absence risque d'être remarquée. Il faut que j'aille voir ce qui se passe. A demain... Sois sans inquiétude. Je suis convaincue que tout ira bien, cette fois.

— Moi aussi. Et puis, tu sais...

Il haussa les épaules.

— Ma vie, ta vie, notre vie... Il ne manquera jamais d'hommes comme moi... Je ne verrai peut-être pas la victoire de mes idées, mais peu importe si celui qui jette la semence n'est pas là pour la moisson... Pourvu que la moisson soit faite. Elle le sera.

Lady L. frissonna. Il avait raison. Il n'allait jamais manquer d'hommes comme lui. Et la moisson se ferait. Combien de millions de têtes ? Le siècle qui venait, le XXe siècle, allait sans doute être celui de la moisson.

— C'est vrai, dit-elle. Nous ne comptons guère. Deux de perdus, un milliard de retrouvés... Rien qu'en Chine, il paraît qu'ils sont trois cents millions. Je suis sûre qu'il y aura des récoltes inouïes...

Sa voix trembla. Elle se détourna bien vite pour qu'il ne vît pas ses larmes. Oui, vraiment, pensa Lady L., en portant le mouchoir à ses yeux, les larmes sont des filles faciles, et soixante ans d'ironie, d'humour glacé et d'Angleterre n'avaient pas encore appris à ces trotteuses indécentes un peu de retenue. Elle voyait cette pauvre Annette lutter encore un peu, peut-être même hésiter... Mais il n'y avait vraiment rien d'autre à faire. Elle ne pouvait pas sauver le monde, mais elle pouvait tout de même l'aider un peu. Quant au reste... L'humanité n'avait qu'à se trouver un autre micheton.

Elle alla à la porte, l'ouvrit doucement et sortit. Le parc commençait à pâlir. On n'entendait que l'aboiement des chiens qui faisaient leurs adieux à la lune. Elle attendit une seconde, les yeux fermés, la main sur la gorge, le corps glacé, puis poussa un cri et rentra en courant dans le pavillon.

— Armand, vite...

— Qu'est-ce que c'est?

— Ils viennent... Vite... La police... Oh! mon Dieu, mon Dieu...

Elle vit sur son visage cet air moqueur qui tombait toujours sur ses traits à l'instant du danger, comme si sa vie n'était qu'une poussière dans l'œil dont il eût hâte d'être débarrassé, et il dit d'un ton amusé, avec cette aisance un peu dédaigneuse dont son habit de

cour soulignait encore la nonchalante arrogance :

— Bigre... Mais nous allons tout de même
essayer d'en tuer quelques-uns...

— Non !

Elle fit semblant de chercher autour d'elle,
se tourna vers le coffre-fort de Madras, hésita
une seconde...

— Vite, par ici...

Elle courut vers le coffre, tourna la clef dans
la serrure et tira la lourde porte bordée de
cuivre... Elle regarda à l'intérieur, poussa un
soupir de soulagement : il y avait juste assez de
place, juste assez...

— Cache-toi là, vite ! Je vais les éloigner...
Mais dépêche-toi donc, voyons !

Il obéit sans se presser, sans doute par souci
du style, tenant toujours la rose dans une main
et le pistolet dans l'autre. Elle saisit la sacoche
avec les bijoux et la jeta à ses pieds. Il la
regardait avec admiration.

— Il fallait y penser, dit-il. Décidément, nous
ferons encore de grandes choses ensemble...

Elle lui sourit tendrement : le tendre et un
peu cruel sourire de Lady L. Car elle avait
trouvé son sourire, à présent, et il ne lui restait
plus qu'à le rendre célèbre. Elle lui fit un petit
signe de la main, referma doucement la porte
et tourna trois fois la clef dans la serrure.

Le Poète-Lauréat s'était dressé dans son
fauteuil et regardait, les yeux exorbités, le

meuble bizarre qui paraissait sortir de quelque conte oriental, et cette grande dame anglaise aux épaules frileusement blotties dans un châle, qui souriait, debout devant le coffre-fort, une clef à la main.

— Et ensuite ? Qu'avez-vous fait ensuite ?

— Eh bien, je suis retournée au bal. J'avais promis une danse au duc de Norfolk, vous vous souvenez... La police est arrivée. Elle n'a rien trouvé, naturellement. J'ai dansé, j'ai bu beaucoup, de champagne... beaucoup... Oh ! ne prenez donc pas cet air outré, Percy. Oui, j'ai beaucoup bu. Je crois même que je me suis enivrée... Il y avait de quoi, avouez...

— Vous êtes revenue dans le pavillon ?

— Il est parfois très difficile d'être à la fois une femme et une dame...

— Quand êtes-vous revenue dans le pavillon, Diane ?

— Cessez de crier, Percy, j'ai horreur de ça... Je vous dis que j'ai beaucoup bu... J'ai eu un moment de distraction...

— *Un moment de distraction ?*

— Nous avons du reste quitté l'Angleterre peu de temps après : mon mari avait fini par avoir son ambassade, vous savez. Oui, tout s'est très bien passé, finalement. Notre fils est naturellement devenu le duc de Glendale... Il est très aimé des Anglais et il fait très bien son métier. Les petits-enfants d'Armand ont tous réussi admirablement. Pensez donc, Anthony va bientôt être évêque, Roland est ministre de quelque chose, James est directeur de la Banque d'Angleterre. Enfin, vous savez tout cela. Dommage qu'il ne puisse voir ça. Je les ai beaucoup aidés. Il fallait bien que je lui donne une leçon. D'ailleurs, il vaut peut-être mieux prévenir la famille, tout compte fait. Je suis sûre qu'ils m'aideront à le transporter ailleurs. Pensez, nous sommes à la veille des élections. Si on découvre ce que j'ai fait, le parti conservateur ne s'en relèvera pas !

Sir Percy Rodiner parvint enfin à lever la main vers le meuble lourd et trapu qui ressemblait à une tour de quelque jeu d'échecs monstrueux.

— Vous voulez dire qu'il est toujours... que vous n'avez jamais...

Lady L. se tenait debout sous le portrait de son chat Trotto, qui menait la charge de la Brigade légère en Crimée, peint sur les nobles traits de Lord Raglan et qui brandissait de sa queue l'étendard de Saint-Georges parmi les boulets de canon. Le perroquet Gavotte l'observait avec bienveillance, son bec jaune et ses plumes ayant remplacé le nez et l'uniforme de Wellington, sur le champ de bataille de Waterloo. Le singe Badine sauvait la liberté au milieu des cadavres à Borodino, très à l'aise dans la tunique du vieux Koutouzov. Le pékinois Pongo montrait sa tête au peuple sur la gravure de Robespierre, et le jeune Bonaparte, devant ses soldats morts, avait le bec de la douce perruche Mathilde, qui n'avait pourtant jamais fait de mal à personne. Lady L. se dressait la tête haute, le sourire aux lèvres, entourée de tous ses amis. Leur silence ne lui avait jamais paru manquer de compréhension ni de sympathie. Seules pouvaient la condamner les femmes qui ne s'étaient jamais souciées d'arracher leurs fils aux faiseurs d'Histoire, ou celles qui avaient été capables d'aimer plusieurs hommes dans leur vie.

Le Poète-Lauréat s'aperçut que Lady L. parlait.

— Je n'ai vraiment pas eu de chance, disait-elle. J'aurais pu aimer un ivrogne, un joueur, un aigrefin, un drogué... mais non ! Il a fallu que ce fût un authentique idéaliste. Je me suis donc laissée aller au terrorisme, moi aussi. Mettons que j'aie été une bonne élève, et voilà tout. Combien de fois, mon chéri, suis-je revenue ici pour te réciter avec un désespoir souriant, cette ode que tu aurais pu dédier toi-même à l'humanité, la seule et cruelle maîtresse bien-aimée, la « belle dame sans merçy » :

> Ah ! fallait-il que je vous visse,
> Fallait-il que vous me plussiez,
> Qu'ingénument je vous le disse,
> Que fièrement vous vous tussiez.

> Fallait-il que je vous aimasse,
> Que vous me désespérassiez,
> Et que je vous idolâtrasse,
> Pour que vous m'assassinassiez !

Elle tourna la clef dans la serrure et ouvrit la porte.

Le pistolet était tombé à côté de la sacoche

de cuir et un peu de poussière vola de l'habit de cour jauni. Armand était assis dans une attitude méditative, il baissait la tête vers la rose de tulle rouge qu'il tenait encore à la main.

NOTE BIBLIOGRAPHIQUE

En dehors des ouvrages classiques sur l'histoire du mouvement et de la pensée anarchistes, les textes suivants m'ont été d'une grande utilité :

Armand Denis ou la Tentation de l'absolu, Bielkine, Genève, 1936.

Romantisme, Anarchie et Fascisme, Sobieski, Varsovie, 1953.

Les Anarchistes bourgeois du XXᵉ siècle, Kardziel, Varsovie, 1959.

Armand Denis et la Révolution permanente, Lalard, Paris, 1931.

La Pornographie idéologique, Halperin, Zurich, 1960.

La Logique dans les aberrations mentales, Durater, Paris, 1932.

La Perversion, Szatun, Varsovie, 1961.

Aristocratie et Idéalisme, Perczatka, Munich, 1949.

Le Terrorisme de l'humour, Blunt, Oxford, 1953.

Armand Denis ou la Mort de Dieu, Valère, Paris, 1958.

La Pureté par le sang, Gunther, Munich, 1952.

Les Passionnés de la raison, Natkin, Zurich, 1940.

La Logique dans les passions, Brentano, Paris, 1932.

L'Idéalisme et les Conceptions aristocratiques de l'homme, Sarafof, Moscou, 1960.

L'Humour, ou la Terreur blanche, Gardé, Paris, 1921.

Aristocrates, Excentriques et Nihilistes, Rainbottom, Londres, 1961.

Netchaiev et Armand Denis ou le Refus de l'humain, Rattner, Munich, 1951.

Terrorisme et Dérision, Winawer, Varsovie, 1959.

Le Nihilisme, ou le Rendez-vous d'Hiroshima, Aptekman, Vienne, 1950.

Extrémisme, Nihilisme et l'Absolu, Ajouard, Paris, 1930.

La disparition d'Armand Denis après son évasion de Livourne donna lieu à une série d'hypothèses qui relèvent toutes, plus ou moins, du domaine de la fantaisie. La plus curieuse est celle exposée récemment dans *New World* par Stefan Felikson. L'auteur croit reconnaître Armand Denis dans la personne d'un obscur militant du mouvement anarchiste américain à ses débuts, connu sous les pseudonymes de Sinter, Balachov, Musica, etc., dont l'identité véritable ne fut jamais établie et qui fut tué lors des émeutes de Detroit en 1910. L'auteur ne cite aucun fait convaincant pour étayer son hypothèse et s'appuie entièrement sur une vague ressemblance physique, plus exactement, sur les descriptions faites de

« l'étrange beauté » de Sinter et d'Armand Denis.

Je tiens à exprimer ici mes remerciements à M. François de Liencourt, dont l'aide m'a été particulièrement précieuse dans mes recherches.

DU MÊME AUTEUR

Aux Éditions Gallimard

LE GRAND VESTIAIRE, *roman* («Folio», nº *1678*).

ÉDUCATION EUROPÉENNE, *roman* («Folio», nº *203*).

LES RACINES DU CIEL, *roman* («Folio», nº *242*).

TULIPE, *récit*. Édition définitive en 1970 («Folio», nº *3197*).

LA PROMESSE DE L'AUBE, *récit*. Édition définitive
en 1980 («Folio», nº *373*).

JOHNNIE CŒUR. Comédie en deux actes et neuf tableaux.

LADY L., *roman* («Folio», nº *304*).

FRÈRE OCÉAN :

    I. POUR SGANARELLE. Recherche d'un personnage
    et d'un roman, *essai* («Folio», nº *3903*).

    II. LA DANSE DE GENGIS COHN, *roman* («Folio»,
    nº *2730*).

    III. LA TÊTE COUPABLE, *roman*. Édition définitive
    («Folio», nº *1204*).

LA COMÉDIE AMÉRICAINE :

    I. LES MANGEURS D'ÉTOILES, *roman* («Folio»,
    nº *1257*).

    II. ADIEU GARY COOPER, *roman* («Folio», nº *2328*).

CHIEN BLANC, *roman* («Folio», nº *50*).

LES TRÉSORS DE LA MER ROUGE, *récit* («Folio
2 €», nº *4914*).

EUROPA, *roman*.

EUROPA *précédé de* Note pour l'édition américaine d'EU-
ROPA, traduit de l'anglais par Paul Audi («Folio», nº *3273*).

LES ENCHANTEURS, *roman* («Folio», nº *1904*).

LA NUIT SERA CALME, *récit* («Folio», nº *719*).

LES TÊTES DE STÉPHANIE, *roman*. Nouvelle édition

en 1977 de l'ouvrage paru sous le pseudonyme de Shatan Bogat («Folio», n° 946).

AU-DELÀ DE CETTE LIMITE VOTRE TICKET N'EST PLUS VALABLE, *roman* («Folio», n° 1048).

LES OISEAUX VONT MOURIR AU PÉROU. Cet ouvrage a paru pour la première fois sous le titre *Gloire à nos illustres pionniers* en 1962 («Folio», n° 668).

UNE PAGE D'HISTOIRE ET AUTRES NOUVELLES, extrait de LES OISEAUX VONT MOURIR AU PÉROU («Folio 2 €», n° 3759).

CLAIR DE FEMME, *roman* («Folio», n° 1367).

CHARGE D'ÂME, *roman* («Folio», n° 3015).

LA BONNE MOITIÉ. Comédie dramatique en deux actes.

LES CLOWNS LYRIQUES, *roman*. Nouvelle version de l'ouvrage paru en 1952 sous le titre *Les Couleurs du jour* («Folio», n° 2084).

LES CERFS-VOLANTS, *roman* («Folio», n° 1467).

VIE ET MORT D'ÉMILE AJAR.

L'HOMME À LA COLOMBE, *roman*. Version définitive de l'ouvrage paru en 1958 sous le pseudonyme de Fosco Sinibaldi («L'Imaginaire», n° 500).

ÉDUCATION EUROPÉENNE, *suivi de* LES RACINES DU CIEL *et de* LA PROMESSE DE L'AUBE. *Avant-propos de Bertrand Poirot-Delpech* («Biblos»).

ODE À L'HOMME QUI FUT LA FRANCE ET AUTRES TEXTES AUTOUR DU GÉNÉRAL DE GAULLE. *Édition de Paul Audi* («Folio», n° 3371).

LE GRAND VESTIAIRE. *Illustrations d'André Verret* («Futuropolis/Gallimard»).

L'AFFAIRE HOMME. Édition de Jean-François Hangouët et Paul Audi («Folio», n° 4296).

TULIPE OU LA PROTESTATION («Le Manteau d'Arlequin»).

*Impression CPI Bussière
à Saint-Amand (Cher),
le 2 juin 2009.
Dépôt légal : juin 2009.
1ᵉʳ dépôt légal dans la collection : janvier 1973.
Numéro d'imprimeur : 091737/1.*
ISBN 978-2-07-036304-9./Imprimé en France.

169813